男ざかり

尾高修也 初期作品V 長篇小説

Odaka Shuya

尾高修也初期作品Ⅴ長篇小説

男ざかり

もくじ

尾高修也初期作品Ⅴ　長篇小説

男ざかり

第一章　街へ

館野和生は十代のころ、ちょっとした夢想にとらわれる瞬間があった。人に説明しにくい妙な夢想だった。在学中の大規模校ではない小さな私立校が都心にあって、たぶん坂道の途中のその高校の玄関から、ひとりで街へ飛び出していく姿が、もうひとりの自分のように目に浮かぶことがあったのだ。

それは運動場もろくにないような古い小さな学校でなければならず、そこから飛び出していく街は、都心の繁華な街でなければならなかった。戦災のあと、街が騒がしく復興しはじめたころ、まだ十代の和生にとって、それが自由というものを思うときに決まって浮かぶ想念だった。戦後の街なかへ向かって体がほどけていくような快感が心に浮かんだ。人に明かすこともできないそんな夢想が、いつから心に棲みついたのかもわからなかった。

その後十年以上たち、和生は三十歳を過ぎて、いまあらたに街へ解き放たれようとしていた。

十年勤めた会社を辞めたところだった。和生は自らを解き放つような思いで、都心の街を歩いていた。その日はたまたま女性をひとり連れ、会社の取引き相手のオフィスがあるあたりまで来ていた。そこへ女性を連れていく用ができていたのだ。

　和生は会社で宝石類の商売にもかかわっていたから、女性の装身具の世話をすることが時どきあった。そのころと同じちょっとした口ききの仕事が残ってしまった。個人的に頼まれたことで断われなかった。

　ダイヤモンドを輸入している会社のビルが、横丁の奥にあった。女性を促してビルの二階へあがると、つき合いのあった太った部長が出てきた。彼はひと月前までの和生の、何がしかの地位やちょっとした力をまだ半分見ているような顔で、ことばを探るような調子になりながら、あやふやな笑顔を向けてきた。

「やあ、どうですか、その後は。きれいに足を洗って、さっぱりしちゃったってわけですか」

　部長は女性の用件にはおかまいなしに、まず和生の退社のいきさつを話題にし、しばらく話をやめなかった。

「しかし、それにしても、あそこにいた人がこれから商売も何もしないなんて、どういうことかわかりませんよ。会社を辞めてもいろいろやれるはずなのに、大事な元手を捨てるようなものじゃないですか。もったいない。わたしら実際そう思いますよ」

「でも、商売はもういいんだ。この時代、儲かりそうなことはいろいろあってもね。僕はもうそれは終わりにします。これからはほんとに何もしないつもりなんですよ」

「何だかトボけられているみたいだ。わたしにはわからんことです。いまあそこへ行って、若い人が減っているのに驚きますよ。館野さんのあとからまだ二、三人は辞めるようですね。最近何か変じゃないですか。いったいどういうことか聞きたかったんですよ」

だが和生は、それには答えずに、連れてきた女性の用件に話を切替えた。会社のことはもうどうでもいいのに、話が長くなりすぎていた。部長もそれに気づき、用意してあったダイヤモンドのネックレスのサンプルを七、八種類、女の子に持ってこさせて女性の前に並べた。

和生は隣りにいる自分と同年くらいの女性の、豊かに波打つ髪を見ていた。これまでそんな髪のうしろへ手を入れて、ネックレスのクラスプをとめるようなことを、仕事柄何度もやってきたものだった。今回、女性はサンプルを胸につけてみるとき、手をさっとうしろへまわして、なんなく自分でクラスプをとめることができた。和生がわざわざ手伝う必要がなかった。

知らない女性の髪のうしろに手を入れるようなことをしていた日々は、すでにきれいに片づいていた。和生はそれを思うと、心がふとひろがり、その解放感のなかで、目の前の部長と女性が遠々しくなるのを感じていた。

和生が会社を辞めようとしていた三十歳の年に、同年の友人たちの結婚式が十組くらいもあった。婚約や結婚の指輪の世話をすることが多かった。和生は友人たちの結婚にかかわり、彼らの新家庭をも親しく目にしながら、自分はあえてそこから解き放たれようとした。

ある夏、休暇のひとり旅に出て、大きな湖水のほとりに泊まったとき、同宿のカップルに見覚えがあった。むこうも和生に気づいて話しかけてきた。学校の友人たちとはまた別に、会社で婚約指輪の世話をした相手だとわかった。二人の新婚旅行と和生のひとり旅が、たまたまその宿で重なったのだ。出発の朝のことで、どちらも旅館の玄関から朝の光のなかへ出たところだった。両方の旅がその瞬間、妙なはち合わせをしたというふうだった。

特に話もなく、二人と別れて歩き出しながら、和生は自分の休暇の自由をひそかに喜んだ。こんなふうに人とすれ違っていくのだと思った。それが多少淋しいようでも、気分がよかった。自分がその先どこへ行くのかわからないままだったが。

今回の用件は簡単に片づいた。和生は女性が帰っていくのを見送りながら、いままた小さな解放感を指でなぞるように確かめた。結婚にまつわるあらゆることからふと自由になり、気持ちよくがらんと開けたものの前に立つような気がしていた。

それはついひと月前、十年勤めた会社から離れたときの感じと結局同じものだった。それがまた小さくふくらんできた。その小さな自由感に乗せられて、和生はいまあらたに街へ踏み出そうとしていた。もちろん会社の仕事で街を歩くことは多かったのだが、自分はあらためて同じ街へ解き放たれるのだと思った。

その日、地下鉄にふた駅乗って、ある雑誌社を訪ねた。和生はそこの経済誌にのせる米国情報の翻訳を引き受けていた。雑誌社では社長と編集長に会い、仕事をもらったが、それは「社長」と名がついてもつかなくても、だれもが若い小さな会社だった。和生は雑然とした社内の空気に身をゆだねるようにして、しばらくそこの人たちを見ていた。

十代のころの「夢」は、学校から抜け出た繁華街に、さらにもうひとつ、小さな編集室を思い浮かべるというものだった。いつでも好きなときにそこへ入っていける自分を思い描いていた。繁華な街を思っても、街に多い不良少年として解放されたいというのではなかった。いわゆる焼跡闇市の時代だったが、小さな雑然たる編集室のようなものが、闇市とは別に街のどこかに隠れているはずなのだった。

雑誌社のある街へはこれまでめったに来たことがなかった。和生は用を終え、雑誌社のビルを出てから近くを歩いてみた。繁華な通りの大きい街区《ブロック》が次第に小さくなるところで、裏小路が増えてくる。小さな酒場や古い蕎麦屋が街裏にぽつぽつとある。江戸時代の職人町が始まるあたりである。和生は蕎麦屋の看板を目にして入る気になった。

ダイヤモンドの輸入会社で、太った部長が「何だかトボけられているみたいだ」と言ったのを、蕎麦屋の品のいい薄暗がりで思い返していた。彼がそう言うのも無理はないと思った。おそらくもうつき合うこともなくなる相手の、正直な困惑のことばを受け止め直す思いになった。

いまともかくも独りになりおおせているが、人の目にそれが何かわけのわからぬものであってても仕方がないと思った。隣りのテーブルでは、界隈の住民らしい中年男が二人、お燗の酒を飲んでいた。二人の話は商売の話のようでもあり、そうでないようでもあった。たしかに、この土地の男の暮らしが自然にことばになっていた。和生はこちらから彼らに関われるようなことばをもっていなかった。ただ彼らの隣りで気持ちよく独りになっていられた。勤めていたころの、過密な他人のなかにいるという感じはもうなかった。

かつて和生は忙しく動きまわってはいたが、勤め人の行動範囲は決して広くなかった。仕事となればむしろ範囲は限られていた。いまそれをもっと拡げて、自分がどこへ行くのか遠くまで追ってみる心になった。小ぢんまりした古い蕎麦屋の薄暗がりに、その広がりを浮かべてみようとした。酒を飲んではいなくても、別の酔い心地がそこから生まれてきそうだった。

数日後、別の仕事で江戸城外濠のむこうの急坂の街まで行った。音楽関係の取材をして、ちょっとした文章を書くためだった。坂の街のマンションに若いチェリストの夫婦が住んでいた。チェリストはすでに名前を知られていて、和生は彼にインタビューするため、カメラマンと一緒に、エレベーターで高いところまで昇っていった。

チェリストはいかにもまだ若い、腕白そうな浅黒い顔をしていた。スポーツマンふうともいえたが、同時に幼いころからもっぱら室内で、大きな楽器とともに大事に育てられたことが見てとれた。彼のわきにおとなしく控えている若妻は、音楽大学同期のピアニストだった。

チェリストは、和生が彼の音楽世界に十分通じているものとみて、気楽に話し始めた。和生は彼の雑然たる話をそれなりに理解しながら、自分が音楽専門のライターではないことを少々気の毒に思っていた。彼が熱心に話せば話すほど、彼にとって自分が何者でもないことがはっきりしかねなかった。が、そのときの取材は、必ずしも彼の仕事がテーマではなかった。名を成し始めているチェリストの新婚生活を知るのが目的だった。その点では、彼の話から記事になりそうなことがおのずからまとまりつつあった。

　彼の新妻は銀行家の娘で、何かと厳しい家庭に育ったらしかった。ピアニストとしての活動も、家ではあまり喜ばれていなかった。目の前の彼女は、一見そうとは見えなかったが、すでに妊娠四カ月なのだと言った。

「彼女はオレと結婚しなければ不幸になると思ったんです。お見合いなんかもさせられるし」とチェリストは、ふと一本気な若さをあらわす調子になった。「でも、オレは音楽しか知らないけど、彼女は何でもできるんですよ。ともかくきれい好きだし、裁縫も料理も上手で、ふつうの音楽家にはないものをみんな持っている。育ちも性格もずいぶん違うんだけど、まあそれがいいんですよね」

　彼は窓の外の都心のほうの空に目を向け、しばらく黙った。和生も春らしい空の色を見ながら、自分が解き放たれた街の上にひろがる空だと思い、それから移動の激しい音楽家の暮らしを思った。チェリストはそのあと、英国、フィンランド、米国と、ひと月ごとに居場所が変わることになるのだと言った。

「アメリカは大阪へ行くくらいの感じかな。でも、むこうのマネージャーとの連絡が面倒だし、電話代もばかにならないんでね。いい仕事がつづくようなら、むこうへ引越すことも考えてます。日本は好きだけど、東京暮らしが無理になれば仕方がないもんで」

そんな話のあいだ、カメラマンがシャッターを押しつづけていたが、話が終わってからあらためて、夫婦の写真を撮り直すというので、和生はひとり先に帰ることにした。

マンションを出てから、よく知らない坂の街を見て歩いた。喫茶店を探して入り、腰を据え、インタビュー原稿を書き始めた。およそ一時間も書くと、いま聞いた話は全部書けたと思った。チェリストの仕事の苦労にくらべて、自分の仕事が何だか軽すぎるようで気になった。和生はその感じを振り払うように店を出、足早になってまた歩いた。お濠のむこうの都心の空が暮れかけていた。


和生のアパートのあたりは狭い坂道が入り組んでいる。都心の平地と山の手との境にあたる土地の坂道である。木造の仕舞屋《しもたや》が並んでいる。谷底は古い商店街で、坂の上には拡幅された広い車道が通っている。

谷底の商店街から折れて少し登ったところに、一軒ギョーザ屋がある。昼すぎ、和生はそこでギョーザを食べながら、まわりの客の話を聞いていた。会社の昼休みは過ぎているので、客はサラリーマンらしからぬ格好の男ばかりだった。和生は自分と同類かと思いながらも、彼らが話す仕事の話がもうひとつ理解できないでいた。いまよくわからない仕事がいろいろとあるものだと思った。自分と似たような風体でも、彼らの仕事は新しいものなのかもしれなかった。

和生は食後、店にあった新聞を開いてみた。ギョーザの油が散っている広告欄をめくろうとしたとき、ふと隅のほうの小さな広告に目がとまった。「翻訳者募集」とあった。新聞社などの下請けの仕事らしかった。事務所の住所を見ると、すぐ近くのビルの一室であることがわかった。

上の道路に面して大きなビルが何棟か建っている。戦後二十五年のビル群である。そのうちいちばん新しいビルの真白いタイルがよく目立つ。翌日和生は、新聞広告にあった事務所を訪ねることにし、坂上のビルのほうへ登っていった。事務所は新築の白いビルにあるのではないかと思った。坂道から大通りへ出、ビルのむこう側へまわり込むと、はたしてその四階に事務所の会社名があった。

真新しいエレベーターで四階へ昇った。事務所のドアを叩いたが返事がないので、少し開けてみた。重いドアだった。奥のほうで何かしきりにしゃべっている女の声が聞こえた。男が短く応えていた。ドアの隙間から、受付らしいのに人のいない机やファイルの棚なんかが見えた。和生は声をかけずにしばらく話を聞いていた。

どうやら大新聞社の裏話のようだった。それが金のかかった立派な部屋の奥まったところで、声をおさえもせずに語られていた。多弁な女の一本調子な高声に時どき男のだみ声が重なった。たまたま和生は盗み聞きしながら、その秘密めいた話を、もうひとつ裏へまわって聞いているような気になった。話の内容はほとんど頭に入らなかったが。

奥へ向かって声をかけると、すぐに女が「はい」と答えた。同時に横のほうからも「はい」という声が来て、和生が部屋へ入りかけたところへ若い娘の顔が現れた。ぶつかりそうになって顔をそむけ合った。彼女は横の小部屋から出てきたらしかった。

若い娘の顔色が白くて、瞬間、目尻の切れた狐のような印象があった。その顔がケラケラ笑いだし、何だか無警戒に子供が甘えて下唇を突き出すような格好になった。白い頬がふっくらした。細い目も大きくなった。

彼女が和生を奥へ案内した。先客のだみ声の男は帰っていった。和生は男が坐っていた肘掛け椅子に坐らされた。

どっしりと大きな本革の椅子だった。壁一面の本棚が洋書で埋まっていた。ひとりで声高にしゃべっていた女がここの社長らしかった。が、彼女は和生を目にしながら、何の表情も浮かべなかった。そしてなぜか気がなさそうに、のろのろと向かいあわせの肘掛け椅子に腰をおろした。椅子と椅子は西洋式にひどく離れていた。女社長が不愛想に脚を組んだ姿がいかにも遠かった。

彼女のそんな気のなさそうな様子の理由がようやく思い当たった。和生はあらかじめ電話をして来ていたのだが、電話のときの彼女の応え方が思い返された。翻訳とはいえ楽な仕事ではないというようなことを、彼女は長々と説明した。が、はっきり来ないでほしいと言ったわけではなかった。求人広告を出しながらそんなことは言えなかったのにちがいない。

女社長は和生が書いてきた履歴書をぞんざいに見、裏を引っくり返したりしてからしゃべりだした。片手で履歴書を振るようにするので、紙がピラピラと音をたてた。

「わざわざ来ていただいてもね、じつはこちらも困るんですのよ」と、のっけから相手を寄せつけまいとする調子だった。「ほんとに困るんですの。うちの仕事はね、翻訳っていっても、そう簡単なことじゃないんですから。皆さん簡単に考えて、何でもできるようなことをおっしゃるけど、いざとなるとこちらが迷惑するようなことも多いもので。……たしかに募集広告は出していますよ。人は欲しいんですから。でも、ここまで来ていただいてもね、皆さんに同じことを言わなくちゃならなくって」

　妙に防御的に構えた、せかせかしたしゃべり方だった。たぶんこれまで何人も来たのを追い返して、その同じ調子をくり返しているのだろう。外国仕込みのまくしたて方なのかもしれない。声の抑揚を一本調子につくっていて、表情が動かなかった。

　女社長はなおもつづけた。

「経験者って、新聞の外報部にいらしたことがあるとか、この種の仕事を長くやっていらしたとか、そういうことですのよ。うちは大新聞との契約で、変な翻訳を渡すわけにはいきませんのでね。いいお金をいただいていることですし、よほど信用のおける方でないと困るわけなんです。なんでしたら、こういうのを一つ、試しに訳してきていただいてもいいんですけど、でもこの仕事はほんとに厄介なんですのよ。翻訳をやっていらっしゃる方は無数にいても、そう簡単にお願いできることではないんです」

最初気がつかなかったが、彼女は和生の履歴書のほかに、外国の雑誌の記事らしきもののフォトコピーを一枚、大事そうに持っていた。和生はそれをもらってうまく訳してきて、彼女を黙らせてしまいたかった。だいいち、むつかしいといっても大げさすぎた。

だが和生は、結局彼女の身構えに正面攻撃をかけることはしなかった。本気でそこまで関わる気をなくしていった。さっき彼女が先客の男に話すのを聞いていたところへさっさと戻ったような思いになった。彼女が話す業界の裏話を、もうひとつ裏から盗み聞きするような自分に戻っていた。

女社長の長広舌を聞き終え、引返すことにして、受付の若い娘のほうへ歩いていった。目の前の他人の身構えの気配が背後になった。和生は体を背面と前面に分けて前面だけせいせいさせるような気持ちで、いままで黙って聞いていたはずの若い娘の顔を見た。

見あげた彼女の顔が、明るんだ白さをぽっと浮かべ、和生のせいせいした前面と向き合っていた。瞳がすばしこく動いて、黒さが濃くなった。笑いかけてくるとき、受け口のような格好の口もとがゆるんだ。長広舌をふるう女社長とはずいぶん違って見える娘らしさだった。

思わず和生も笑いかけていたのだが、つられるように彼女は立って見送りにきた。

ドアを出たところで、和生はまた電話をしたいからと言い、彼女の名前を聞き出した。彼女はうしろ手にドアを閉めると、しばらくドアにへばりついたままでいた。いっとき、そんな所在なげな磔《はりつけ》ごっこがあって、すぐに引っこんだ。木田はるみというのが彼女が教えてくれた名前だった。

そのころ、和生は昼ごろになると街へ出、毎日どこか違う店で昼食をとることにしていた。アパートのある街は和生にとってまだ新しくて、店を見つけるのも楽しみのうちだった。やがてそこへ、木田はるみを誘ってみる気になった。はるみは昼休みに会社から抜け出し、坂道をおりてきた。

制服があるような会社のオフィス・ガールではないから、レストランで向き合うと、まだ私服のままの娘らしさが目立った。まわりに制服の女性がたくさんいたからだ。はるみは彼女の郊外の家のあたりを歩くように、ここの坂道をおりてきたのにちがいなかった。

そのうえ彼女は、二人になると、当世風の学生風俗といったものを直接感じさせた。和生はあまり知らなかったが、はるみはいわゆる学園紛争のなかから世間に現れ出たところなのかもしれなかった。大学生の反体制の気分が、その名残りが、はるみの無邪気な少女風の一面にあるのが見えてきた。

和生と会うなりはるみは、

「あ、こんな時間に起きたばっかりみたいな顔。いいなあ」

と、わざと舌足らずな、馴れ馴れしい調子をつくって言った。彼女自身はたしかに毎日早起きして、女社長のオフィスへかよっているのだった。

「大学へ行っても、たぶん授業がなかったんだよね、君たち」

「だから、うんと寝坊ができちゃったの。毎日午前中は家にいて。いまじゃもう、なつかしいようだけど」

「それで、みんなはいまどうしているの？」

「男の子は案外まともなとこに勤めてる。女の子はいろいろね。芝居やってる子がいるの、何人も」

「そうか。いわゆるアングラ芝居なのかな、それは」

「アングラとは限らなくて、まともな劇団の研究生になった子が一人いる」

　和生ははるみの少女らしさの背後に演劇の世界があるとしたら少し意外で、もっと聞いてみる気になった。はるみは自分自身芝居をやったことはないと言った。たまに友達の舞台を見るだけで、その世界と特に関係があるわけではないのだとあっさり答えた。

「それにしても、そんな友達がたくさんいると、チケット買わされて大変じゃないの？」

「そう、そう。給料もらうようになって、狙われているみたい」

「うん。でも、それでよかったんじゃないの？　君が助けてあげられるようになって。ところで、君のところの社長は、いまごろステーキでも食べにいってるのかな。さしずめ都知事みたいにさ」

「あの人いつも二時ごろよ。こんな時間には食べない。たいていお客と一緒に食べにいくし。やっぱりミノベ・ステーキかな」

その後、日曜日に郊外の家から出てきたとき、はるみはランチのあと和生のアパートまでついて来た。髪を掻きあげて耳を出している小さな横顔が、まぶしい暑さに汗ばんでいた。はずんだ足どりだった。会社の昼休みとは違う時間のなかから、無茶をしたがる学生気分が浮かび出るように見えた。面白がって運動家のアジトを覗きにいくような気分なのかもしれなかった。

これは何という散歩だろう、と和生は思った。これまで、十歳も年下の連中とつき合う機会はまずなかった。彼らが大学で何をやっているのかもろくに知らずに来た。会社勤めのあいだ、学生の世界は遠くなる一方だった。それがいま、はるみの学生気分にそそのかされるようにして、自分のアパートへ向かって歩いている。とはいえ、アパートで彼女に見せるものといって何があるわけでもない。

階段を二階へあがって、はるみが部屋を覗き込む様子を、和生はふり返って眺めた。正直に好奇心が出ている彼女の顔を見ながら、自分が自分を覗き込むようでもあった。和生はともかくはるみを、狭いダイニング・キッチンの椅子に坐らせた。

「へえ、こんなところがあったのね。いいじゃない」と、はるみはふた間の住まいを見まわした。「明るいのが何だか意外だわ。あたしが知ってる男の部屋なんて、とてもこんなじゃなかったから」

「運動家のアジトならもっと暗くなくっちゃね。そんなところへ女の子も入り込んでいたんじゃないの？」

「まさかあたしはそこまでしなかったけど。芝居やってる子に連れられて、むさ苦しい男の部屋へ行くことはあったわよ。暗くて汚ないところで大声あげてね、せりふ言ってるのよ」

はるみはひと休みすると、テーブルに拡げてあった翻訳用の英文の雑誌を手にとり、引っくり返して見ていた。

「何だかわからないけど、翻訳なんて辛気くさくない？　いくら苦労しても、うちの社長みたいな人に好きなこと言われちゃうんだし。うちの仕事なんかしないほうがいいと思うわよ、ほんとに」

「たまたましないことになったけどね。でも、僕は辛気くさくてもいいのさ。それは苦にならないよ」

「翻訳じゃなくても、書く仕事なら何でもいいの？」

「うん、まあ、いまのところ何でも屋だからな。いろんなことをやっている」

「たぶん、もっと稼げると思うけど」

「そうか。心配してくれてるのか」

「こんど友達に聞いてみるヨ。雑誌の編集やってる子なの。何かいい仕事があるかもしれない」

「いいよ、そんなこと。社長が門前払いしたからって、君が気にすることはないんだから」

たしかにはるみは、世にいう自由業の貧しい世界に興味と親しみを感じる様子だった。十歳も年上の和生をその世界に置いて、共感もし、気安く見ることができるようだった。そういうとき、はるみはいわば女社長のオフィスから滑りおりて、あっさりと学生気分に戻っているのかもしれなかった。ほんの半年前に戻ったような姿が、機嫌よく定まってきた。

和生ははるみの「芝居やってる友達」のひとりともその後知り合った。はるみと新橋駅で待ち合わせ、久仁子という名の友達が働いている地下のスナックへ連れていかれた。「アトランタ」という名前の店だった。

まだ客のいない店に中年のママさんがいた。久仁子もすでに出勤していた。はるみは和生とママを引きあわせ、意外に親しげにママと話した。それから、今度は久仁子と二人でひとしきりしゃべった。そのあと、彼女らと似た年頃の娘が二人駆けつけてきた。

ママさんはそんな子たちとかなり自然に調子を合わせていた。やわらかそうな肌の細身と、身ごなしの軽さが娘たちと同質のようにも見え、演劇関係の子を好んで雇っては、役者の話などで一緒に騒いだりしているらしかった。

とはいえ、ママさんの白い肌はすでに張りを失い、こまかく皺ばんでいた。薄暗い店内でもそれがわかった。彼女の目つきも、若い子とは違う醒めた強さを時にあらわした。和生を見るときも、その目をまっすぐに向けてきた。彼女の店は、銀行マンや商社マンを主な客にしていた。そんな男たちに演劇畑の若い娘をあてがうというやり方なのだった。だから、和生がいつもの客とは違い、若い娘とともに現れたのを、多少戸惑いながら受け入れたのかもしれなかった。

はるみと久仁子は、酒を飲みはじめてから、また二人だけの話になったりした。その日久仁子はショート・パンツ姿で、まだほかに客がいないので、はるみ相手に強い弾むような調子でしゃべった。肉づきのいい脚を光らせて、いますぐにでも舞台へ飛び出していけそうに見えた。そんな久仁子にくらべると、はるみのほうはもっと平穏な様子で、ことば数も決して多くないことがわかった。

ようやく八時ごろになって、商社マンの客が数人入ってきた。和生と似たような歳だが、皆すでに恰幅がよかった。ママさんは小造りの顔を若い娘のようにほころばせて彼らを迎えた。和生は彼女と客たちを眺めながら、久仁子やはるみの年頃の娘たちをそこに並べて、ママのスナック商売の小世界を思った。それが地下に隠れた小さな絵のように見えてくる気がしていた。

和生とはるみは、カップルの客として扱われながら、店の娘たちが寄ってくると、客らしさを捨てて話をした。ママは商社マンたちにつきっきりだった。和生は久仁子と祐子という、同じ小劇団にいる二人から何やかや話を聞き出した。

近く公演される演目について二人は話してくれた。若手の劇作家による、登場人物の多い群集劇のような芝居らしかった。若者が大ぜい舞台を埋めつくすのだと言った。

「ほんと、すごい声なのよ、みんなが叫んで」と、久仁子は嘲るような調子で説明した。「負けずに大声出してても、自分が何言ってるのかわかんないの。だから、せりふの練習なんか、ほんとはしてもしなくても同じかもしれないヨ」

「ともかく人数多すぎよね」と、美人女優ふうの祐子も批判的だった。「あれじゃあ、みんなが舞台の上に動員されて、デモやってるみたいだもんね。まあ、だれでもいいんだから、あたしどんな顔してたらいいかわかんない。ただプロテスト・ソングみたいに叫んで、稽古のあとはいつも声嗄《か》れちゃって」

「はじめから終わりまで人が多すぎるからね、今度ははるみにはチケット買ってもらわないことにする。ろくに顔も見えないのに悪いから」

「顔見えなくってても、まあ楽しけりゃいいから」

はるみはおとなしくそんな答え方をしていた。演劇世界の空気に触れているのがただ心地よいという無欲な顔だった。

商社マンたちのあと、損害保険会社や電機会社の男たちがやってきた。ママさんの細身はしなやかに、薄地のスカートをひるがえして動きまわった。彼女が派手に動くと、若い娘たちも活気づいたようにあとを追った。和生はその様子をいちいち見ていたが、男の客たちのことは、よく見るまでもなくわかる気がした。彼らは過去の自分の十年と半分重なり、あと半分はおのずから想像できるようだった。

あんな男同士の関係から自分はひとまず自由になっている、とあらためて思った。男たちが密集する世界がある。そこから離れると、ありがたいような自由感が生まれる。いまここでもそれを楽しんでいられると思う。この店に男たちが次々に入ってきても、こちらと何か関わりが生じるわけではない。こんな狭いところでもこちらはひとり勝手にさばさばしていられる。

ママさんはといえば、働き盛りの男たちに喜んで縛られながら生気に満ちていた。彼女は男たちの出世競争の条件なんかについても、それなりの理解をもっているらしかった。その理解を働かせながら気もつかっていた。それでもママさんは、彼らが地上からおりてくるのを地下で待ち受けている女だった。和生もいまや同じ場所にいて、いわば過去の自分を含む男たちを見ているのだった。和生はいまこの店で男たちのことばを半分だけ耳に入れているが、それはちょうどはるみの会社で女社長と男の客が話すのを、ドアのところで盗み聞きしていたのと同じことかもしれないと思った。

ママさんは和生の前へ来ることもあった。人の目を覗き込むようにして、何やかや聞き出そうとした。常連客たちとは違っても、それはそれで面白いといった顔で、愛想よく話した。いま評判のフィクションについて、役者の好き嫌いを言うのと同じ端的な調子で説明してくれたりした。常連客とは話さずにいたことをここで話すというふうがあった。

特に長居はせず、はるみと一緒に店を出た。はるみは酒に酔った様子もなく、てきぱきと歩きながら、近くの席にいた商社マンの客のことを言い、おかしがった。

その男は、彼の上役の男がママさんの前で磊落そうにふるまうのに対し、ふたこと目には会社の仕事上の問題を持ち出し、愚痴をこぼしていた。彼はそんな言い方で上役に甘えかかっているというふうにも見えた。

「男の人って、みんなああなの？」と、はるみは口の端で笑いながら言った。「いつもあんなふうなことを言って、つながり合っているものなの？　そうやって一緒に外の世界に向かっていくの？」

「たしかにそうやって、かもしれない。あんなのが多いからな。それにしても、あのつるみ方はちょっと変だったね。あの男も何か必死なものがあったのかもしれない。それがどういうものかはわからないけど」

「そんな男の人たちのこと、あたしこれまで全然考えたことなかった。いまもあんまり同情できないな。たしかにうちの社へはああいう人たちは来ないわね。彼らはうちの社長じゃなくて、ここのママのところへ来るのね。ママは一見お嬢さんふうだけど、ほんとは強いんだと思う」

「お嬢さんふうを生かしてうまくやってるみたいだね。あれで人をよく見ているんだろう」

「あたしがママの歳になっても、スナックなんかやれるかなあ。無理ね。ちょっとできそうもない気がする」

　新橋駅に近づくと、飲み屋が並ぶ道に酔った男たちがあふれていた。はるみはサラリーマンの大群にひるんで、逃げ惑うような歩き方になった。体がぶつかるのを怖れ、和生の前へ出てどんどん小走りになっていった。女社長のオフィスではじめてはるみと出会ったときの、瞬間白い狐のように見えた顔を和生は思い出し、目の前をあの狐が駆けていくところだと思った。瞬間

その後和生は、今度はひとりで「アトランタ」へ行ってみた。ママさんはごく親しげに迎えてくれた。久仁子はその日も活発で、健康な若い体を舞台の上でむき出しにする勢いといったものが感じられた。それが店の外からころがり込んできたというようだった。それに対し、美人女優ふうの祐子は、時にふと黙って、沈着そうな顔を見せることがあった。

ママさんは、この前和生が話したことを憶えていて、その先へ話を持っていった。経済の高度成長のさなかに会社をやめた男に好奇心がはたらくようだった。

「転職もいまチャンスが多いっていうのに」と、彼女はサラリーマン世界に通じたスナックの女主人らしく不思議がった。「でも、もうそんなことをするのもいやになったの？　何もかもきれいに捨てたくなったんじゃない？　いったい何があったの？」

「特に何があったってわけでもないんだ。いうならば、いつの間にかそうなっていた」

「これまでとは別に、何かやりたいことが出来たんじゃないの？　いまそういう人ってよくいるから」

「でも僕の場合、何か別の仕事を始めたっていうのとも違っている。実際、仕事らしい仕事をしているわけではない。目的のようなものがはっきりあったわけでもないんだ。それはいまも

はっきりしていない。最近社会の動きが急に速くなって、僕はいつの間にか振り落とされてしまったのかもしれないよ」

　その日、ほかに客が少なかったせいで、ママさんは長いこと和生の席についていた。久仁子や祐子は手持ち無沙汰の様子だった。

　近年、俗にスナックといわれるようになったあいまいなかたちの店が、ママさんの好みで独特にしつらえられ、そこに比較的若い大企業の社員らがやってきていたのだ。おえら方が来ることはまずなかった。若い社員はよく、はやりのフォークソングを歌ったりしていた。

　そのスナック商売の小世界で、和生は自分がそこにふさわしいとは思えなかったが、居心地が悪いとも思わなかった。和生の席へ来たママさんは、話題も豊富で、ともかく楽しげにしゃべった。それを見ていると少しずつ気が楽になった。お嬢さん育ちの彼女の生地が見えるようだった。彼女自身、和生の前で、大会社の社員相手の仕事から少し自由になるのだろうか、と思った。

　久仁子が途中から話に加わった。久仁子がいると、ママさんはもとのママさんに戻っていった。久仁子の劇団のチケットを買ってくれた銀行マンの客について、二人はしばらく話していた。

「あの人たぶんはじめてだったのよ、あんな芝居見るのは」と、久仁子はあらためてママに報告するという調子だった。「芝居のあと、ちょっと話したんだけど、感想ひとつ言わないの。それからお店で会っても、芝居のことなんかどこかへすとんと落ちて消えてしまったみたいなんだから」

「でも、お芝居のあとは別の話でもよかったんじゃないの？」と、ママさんはからかうように言った。「男はね、お芝居のことなんか簡単に忘れて、もうその先を考えているのよ。たいていそんなものよ。それで久仁ちゃんはそのあと何て言われたの？」

「特に何か言われたっていうんじゃないけど、前より気をつかわなきゃならなくなって。だんだん面倒くさくなるのかもしれない」

「それがわかっていればいいのよ。面倒くさくならないようにできるでしょ？」

店で出す食べものをつくって運んでくるおばさんがいた。開店のときからママを助けているという人だった。その日も店に出入りしていたが、そのとき地下へおりる階段で何か事故があったような音が聞こえた。祐子が見にいき、しばらくして固い顔つきで戻ってきた。おばさんが足を踏みはずして立てなくなっているのだと言った。

出てみると、近くのスーパー・マーケットで買ってきた野菜類が散乱し、おばさんは半ば階段に寝そべるような格好で脚を伸ばしていた。痛そうにしてはいたが、立てないような怪我かどうかはわからなかった。

ちょうどそのとき、新しい客が三、四人入ってきた。ママさんがあわてて野菜を片づけ、客を通してから電話で救急車を呼んだ。祐子は客に構わずおばさんにつき添っていた。

救急車が着き、おばさんが担架で運ばれるのを、客もママさんも皆外へ出て見送った。その大ぜいの前で、祐子がおばさんのあとから救急車に乗り込んだ。

和生はしばらく久仁子を相手に飲んでいたが、そのうち祐子が病院からママに電話をよこした。おばさんは手当てがすんで何とか歩けるので、祐子がタクシーで店まで連れ帰るということだった。和生が申し出て、おばさんを彼女のアパートまで送ることにした。祐子を店の仕事に戻さなければならなかった。

和生はママさんに見送られ、祐子と入れ替わりにタクシーに乗り込んだ。おばさんの脚は真白い包帯でふくらんでいたが、痛みはひどくはないようだった。彼女のアパートは、店から三十分ほどの古びた住宅地にあった。車は小路に面したアパートの外階段のすぐ下まで無理に入り込んだ。

外階段から見あげると、二階の彼女の住まいのドアが思いのほか遠く見えた。なるほどこの階段あればこそ、和生がついてくる意味があったのだった。

和生はおばさんに肩を貸して階段を登りはじめた。彼女はさすがに登りきるのに難儀し、ドアの前へたどり着くと、しばらく動けなくなっていた。

おばさんと和生はそこに坐り込み、登ってきた外階段を並んで見おろすかたちになった。和生が持ってきた野菜類の買物袋が足もとにあった。おばさんはいつも店の近所で買って帰ったものを、翌日のスナックの客のためこのアパートで料理していたのだ。和生は自分も同様に、店の下働きの立場で見馴れぬ仕舞屋《しもたや》の町の階段に腰をおろしているようだと思った。

　目の下には小さな児童公園のようなものがあった。そこに外灯がひとつあるだけで、あとは暗かった。まだおそい時刻ではないのに、深夜のように静まり返った眺めだった。

　おばさんはママさんと歳はいくらも違わないはずだが、若やいだ女らしさなどあっさり切り捨てた厚ぼったい姿で隣りに坐っていた。包帯でふくらんだ脚を大事にかかえ込み、彼女は店の客の酒のつまみを当分届けられなくなるのを気にして何か言った。ぼそぼそとしたひとりごとだった。

　和生は下方の闇を見おろしながら、知らず知らず、自分の離職後の自由の底を見ているような気になった。日ごろの自由感は、いまも疑いなく生きているが、その思いとは別にいま見えているものがある。戦災後の四半世紀が過ぎた住宅地の、早くも古びた暗い闇の眺めだった。

　おばさんと一緒に見ているその眺めは、いかにも貧しげで小さかった。まったく音がないのが、いまの自由感の底のほうの、無音の場所まで降りてきたという思いをいだかせた。そんな場所で、スナックの酒のつまみのことを気にしているおばさんと肩を並べているのが、不思議に身に合ったことのようにも思われた。

第二章　街の部屋

スナック「アトランタ」のママさんは三宅千鶴子という名前だった。館野和生はいつしか彼女を千鶴子さんと呼ぶようになっていた。店の外で会うことが重なっていった。

彼女は和生とつき合いながら、こんなふうに言うことがあった。

「あたしはずいぶん勝手に生きてきたけど、それでも少しずつ窮屈になってくるのね。毎日毎日やることがあって、それに追われるからね。あたしがいくら気まぐれでも、だんだん動きがとれなくなってくる。店を始めてもう五年よ。だんだん勝手の仕甲斐もなくなってくるみたい。でも、きょうはいい気持ち。やっと少しは自由になったたって感じかな」

月曜日の朝だった。店が休みの日曜日、和生は千鶴子を呼び出し、夜になる前から街で飲んで旅館に泊まった。その日千鶴子は、ママさんとしての一週間から抜け出し、和生が待つ店へ飛んで来て、夜の新宿を飲み歩いたのだ。夜半が過ぎて旅館の小さな部屋へ入り込み、熟睡し、朝機嫌よく目覚めたところだった。彼女の店がまた客を迎える月曜日になっていた。

　千鶴子はたしかに気分のよさそうな明るい肌色をしていた。自由といったことばもはじめて口にした。朝の光のなかで、眼尻や首もとの小さな皺がいちいち見えた。が、彼女の華奢な体全体が、新しい空気を呼吸して、そっくり生き返っているといってもよかった。十分燃焼したあとの彼女の新しい体の感じが和生にもわかった。

　そのまま旅館を出て、千鶴子は人通りのない旅館街を軽々と歩いた。晴れ渡った朝の直射日光がまぶしかった。喫茶店へ入ってトーストを食べた。すでにサラリーマンの出勤の時刻で、表通りへ出ると、駅のほうから背広姿の男たちがどっとこちらへ向かってきた。和生はその流れを避けて、裏の通りへ千鶴子を誘い、もとに戻ってゆっくり歩いた。千鶴子も華奢な体をきれいに伸ばして歩いた。

　新宿御苑へ入ると、いよいよひと気がなかった。外部の音もいっさいなくなった。月曜日の朝、いっせいに動き始めた群衆のただなかにぽっかりあいた穴に落ち込んだようだった。和生はひとりそのことを思い、ことばがなくなったように感じながら、池をめぐる木の下道を一歩一歩たどっていった。

　この春、勤め人世界を離れて落ち込んだ穴で、最初に直接触れ合った相手が、ここにいる千鶴子だということになる。たしかに新しい接触なのだと思う。これまでとは違う空気のなかの自由感がはたらいていて、千鶴子の若いころの自由気儘な姿とじかに関わっているような気がしている。

自分がまだ会社にいて、もしバーやクラブのママさんと関係ができたとしても、こんなふうにはならなかっただろう。おそらくそれはいまとは違う関係で、千鶴子も自分もほとんど違う人間のようだったかもしれない。彼女はいま、「アトランタ」のふだんの客からいっとき離れてここにいる。どんな気まぐれからか、千鶴子もまたちょっとした穴に落ち込んだところなのだろうか。

新しい接触といえば、新宿御苑の朝の眺めも洗われたように新しかった。あまり来たこともなかったが、はじめて触れる緑がここにあると感じられた。直接肌に触れてくるようだとも思った。ここが穴の底なら、穴の内側がほとんどなまな緑に輝いているのだ。

千鶴子は池畔の道の途中で急にふり返り、街の密室で言いそうなことを、広い緑の眺めのなかで言いだした。大きな声だった。

「久しぶりに男に抱かれて、何だかさっぱりしちゃった。最近あんなに飲み歩いたこともなかったのよ。きのうはいつものお客と一緒じゃなかったからね。あなた全然違ってたから、あたしも何だかおかしくなってたみたい。でも、そのあとほんとによく眠れた。睡眠薬のことなんか忘れて眠っちゃったわ」

和生は彼女が眠り込むのを見ていたことを思い出していた。いつの間にか歳をとってしまった古い恋人のようだと思ったりした。不眠症になったと言っていたのに、違うじゃないかと思った。彼女が深く眠り込むほどに、小さく可愛らしくなって、おとなしく薄闇に消えていくようだった。

眠る前に千鶴子は、自分の体が敏感すぎて困るのだ、と半ば自慢するように話した。実際に千鶴子は、ちょっとしたことで跳ね返るように動き、それをくり返し、疲れを知らなかった。体の皺やたるみが増えれば増えるほど、その過敏さが増しつつあるのかもしれなかった。和生は千鶴子の体が実際、きりもなくやわらかくなるようなのに驚いた。

和生は朝の千鶴子をあらためて見直した。外で見る千鶴子の立ち姿は、少なくともその細身は、二十年前と変わらないはずだった。和生は思わず、戦後の若い女の流行の服を彼女に重ねて見るつもりになった。その身軽な動きが、昔の最新ファッションを活発に揺り動かすさまが見えてくる。目の前の彼女の姿とともに、いまの瞬間が過去に向かって小さくふくらんでいくようである。

和生はそんな思いを振り払い、ことばを探して、いまの関係について話しかけていた。

「毎日やってることがきれいに消えてしまうような経験も、時どき必要だと思うよ。僕みたいな男とつき合うと、いつもとは違ってこんなところに来ている。ここはいま何の音もないけれど、外では店のお客に似た人たちがいっせいに動き始めている。すごい数の人たちがざわざわと動いている。そんな時刻だというのに僕ら何だか変だよね」

和生はそう言って千鶴子を抱き寄せた。音のない緑の世界のまんなかでしばらく立ちつくした。千鶴子は急に身をほどいて笑いだした。

「こんなところにいると、あなたみたいな若い男が恥ずかしい気がしてくる。だれもいないのに、恥ずかしくなっちゃう。ほんとはあたし、年下の男に抱かれたことってないのよ。だから、どうしたらいいかわかんなくなって、おかしくなっちゃう。これまであたしの男はみんな年上だったんだから。それで感じが全然違うのよ。だから何だか恥ずかしいの」

「年上の男っていえば、僕は青二才に見られやすかったからね。なかなかうまくやれなかったんだ。会社にいたころだよ。上のほうはみんな戦地から帰ってきた人たちだった。戦後時がたってからも、どこかしらつき合いにくいところが残っていた。そもそも彼らがわれわれをまともに相手にしてくれなかったんだ。でも、あなたの話を聞けば、少しはわかってくるかもしれない。どんな男たちだったか知りたいと思う」

「でも、それはちょっと違うの。そこまで年上じゃなくて、ぎりぎり戦争に行かずにすんだ人たちだったわ。いわゆるアプレ・ゲールよ。そんな連中と遊んでたの、若いころは。戦後の街が楽しかったわよ。あの街はもうすっかりなくなってしまったけど」

「わかるよ。僕はまだ小学生だったけどね、あのころの街の感じは知っている。まだ焼跡同然の、バラックの街がやけに明るくて、そこを千鶴子さんがロングスカートをひるがえして遊びまわっている。たしかに目に見えるようだな。たぶん体の感じがいまとあんまり変わらなくって」

「そんなこともないけど。あたしあのころちょっと不良になって、アプレ・ゲールっていわれても全然平気だったわ。むしろ、それが誇りだったのかもしれない。アプレ、アプレっていわれて、変に気負って遊んだものよ。あたしのまわりでは新劇も人気でね、みんなあこがれてて、あたしも研究所に入りたかった。うちの店の子たちにそんな話をすることはいまはもうないんだけど」

「たぶん話したってわからないさ。もうあの子たちが何かを知るってことにはならないよ。絶対に知ることにはならないような時代があったってことだね。そういえば、僕らのころからアプレ・ゲールとはいわれなくなっていたと思うけど」

「そうでしょ。ともかくうんと昔のことだわね。あたしあのころ、ちょっとめちゃくちゃだったから。そのうち、それはもうだめっていうことになっちゃったのね。いつの間にかだめっていわれて、それはそうだわねって、あたしも思うようになったのかもしれない」

千鶴子はそこまで言うと、話が長くなるのを嫌うようにまた歩きだした。焼跡の街を蹴って歩くハイヒールをはいた若い脚が浮かんだ。和生は御苑の裏門から外へ出ることを思いついた。やがて、どうしてもそうしたいという気持ちになっていた。門の外にはもうひとつの旅館街があり、もうひとつの部屋があるはずだった。

千鶴子は何も言わずに和生について門を出た。静かな住宅街があった。進むにつれて、ちょっとした植え込みの蔭などに旅館の看板が見えてきた。午前中の旅館街はまるでひと気がなかった。そんな道のまんなかで、和生は千鶴子の腰を抱き、もう一度旅館へ入りたいとこっそり告げた。昨夜のつづきがまだ残っている、という思いが強くなっていた。

ひと晩泊まった客たちと入れ違いに旅館に入るのは恥ずかしいようでも、そのあわただしさに気持ちが半分そそられていた。旅館のなかは掃除の音が聞こえて落着きがなかった。が、和生はその空気を無視する勢いで、もう一度、二人の密室をつくろうとした。前の晩の客たちの気配が残っているのも悪くないと思おうとした。

千鶴子も半分面白がるような調子を出してきた。蒲団が敷いてある暗い部屋へ、彼女は先に立って踏み込んだ。前の晩泊まった別の旅館の朝の暗がりが、ほぼ変わらずに、そこにもまたあるのがわかった。

千鶴子の目は、その暗がりでよく光った。夜の街を飲み歩いたあととは違い、はっきり目覚めている目だった。人を小馬鹿にするようでもある目が、和生にからんできた。彼女はひと気のない大庭園のなかと同じように、密室のなかでもてきぱきと動いた。和生はその姿のなかに、ここでもアプレ・ゲールの時代を探り出せるだろうと思った。

初夏を迎えて軽くなった服を、千鶴子は自分ではぎ取るようにした。何年か前まで女たちが腰につけていて、和生がくっついて歩くとガサガサと触れたガードルというものを、彼女はもうつけていなかった。ミニスカートがはやり、下着はごく薄くなり、千鶴子はいま、若いころよりはるかに軽い装いで生きているのだった。

夏に向かう季節の衣服を、彼女は明らかに早めに軽くしていた。その軽い現代ふうのものをあっさりと放り捨てて、千鶴子は半分人を小馬鹿にするような目のまま、和生との二度目の床にもぐり込んだ。

女の胸というものはいつまでもきれいだ、と和生はもう一度確かめる気持ちだった。衣服を捨ててしまうと、千鶴子の裸身はたしかにスナックのママさんではなくなった。和生はそのことも確かめ直した。世間向けの顔を見ているときとは違う若さが、旅館の床のなかにあらためて浮かびあがった。

遠くに掃除の音が聞こえる早い時刻の薄闇のなか、千鶴子はいまの若さの底から噴きあげるような声をあげた。やわらかすぎる体の過敏さが止め処《ど》もなくなった。

あと何時間かすると、彼女の店の客たちがやってくる時刻になる。彼らを地下で待ち受けるママさんになり変わる時がくる。千鶴子がそのことをどこかで思っているのは間違いなかった。たぶんそれがあるからこそ、彼女のこの激しさもあるのだと和生は思っていた。

その後も千鶴子は、店を開ける前の午後、ほとんどからかうように、和生のアパートを覗きにくることがあった。わざといたずらっ子の顔になって、変にあわただしい様子で二階へあがってきた。

和生は千鶴子を自分の部屋へどう迎え入れたらいいかわからなかった。狭苦しい妙な部屋にちがいなかった。前に木田はるみが来たときも戸惑ったが、千鶴子の場合も単純ではない気がした。街で会って旅館へ入るのとはまた違う関係が、どう出来ていくのかわからなかったのだ。千鶴子もはじめは部屋に落着こうとはしなかった。ただあわただしかった。部屋のなかの雑多なものに目をとめるでもなく、ざっと眺めて和生を外へ引っぱり出した。人をからかうような調子でいながら、外へ出てからやっと落着くという様子があった。

和生は千鶴子について歩きながら、午後の半端な時間に外へさまよい出て、千鶴子の出方がわからずにいるのを、不思議にもどかしい妙な経験だと思った。真昼間の戸外でこちらが何をすべきかもわからなかった。それでも、お互いに何かを問いただすでもなく、何も決めずにただぶらぶらした。こんな宙ぶらりんが、自分が求めた自由というものかもしれないと何となく思ったりした。

たしかに千鶴子との場合、旅館へ入るつもりがないときどうすべきかは、何も決まっていなかった。そのことがはじめてはっきりしてしまった。和生はただぶらぶらしながら、そのうちもどかしさを感じなくなっていった。

「昔の男のアパートって、どんなだったのかな」と、軽い調子のことばが出てきた。「僕よりだいぶ年上の男たちが、どんなところで何をしていたのか、知っているようで知らないんだよ」

「アパートはまだ少なくって、たいてい間借りだったわ。間借りだと、男の部屋へ行くわけにもいかないでしょ？　そういうこと簡単にはできなかったのよ」

「僕の高校のころの年上の人たちのこと、いまになってもっと知りたいと思う。当然女の人のこともね。昭和三十年前後だ。占領はやっと終わったけど、まだアメリカ兵がいっぱいいた時代だね」

「そうよ。あたしたちみんな浮わついていたのかもしれない。あたしはアメリカさんとつき合ったこともあったけど、そうやってアプレ・ゲールって言われるのを喜んでいたのね。あたしたち、しょっちゅう声をかけられていたから」

「戦争花嫁の時代か。いや、ちょっと違って、その少しあとだね」

「戦争花嫁なんかはもういなかった、たぶん。焼跡もなくなっていたけど、まだまだ自由で、あたしたちは勝手にやれて楽しかったわよ。面白い場所もどんどん増えていったし」

その日は西銀座へ出ることにし、千鶴子がタクシーを止めた。和生は彼女について乗り込みながら、ふと少年のころの経験をなぞるような思いになった。ある夏の日、だいぶ年上の女性の、白さがまぶしい服と触れ合い、一緒にタクシーに乗り込んだことがあった。和生の体はまだ小さくて、女性は大きかった。

そのころ、ちょうちん袖ということばがあった。とつぜんそんなことばが心に浮かんだ。女性の白い上衣がそのかたちだった。両袖の上部がふくらんで、肩が張ったように見え、いまの千鶴子の服より生地も厚くてしっかりしていた。たしかに感触が違っていた。

その日のあいまいな午後の終着点は、昔からある古風な喫茶店になった。たまたま和生はそこを知っていた。中学生のころ連れてこられたことがあった。テーブル・クロースの白さが目立ち、椅子にも白いカバーがかかっていた。お客はレコードの音楽を静かに聴き、コーヒーや紅茶を飲み、クッキーを食べた。そこの古い上品さはいまも変わっていなかった。

千鶴子はほとんど過去の記憶から現れ出て、何食わぬ顔で和生と向き合っていた。その姿が静かで、ちょうちん袖のファッションが彼女のものでもあった時代の店がたしかにそのままだった。千鶴子はいつの間にかそこにはまっていた。それでも、夕方になれば彼女は現代のママの装いに変わって自分の店へ出ていくのだ。

その後しばらく、千鶴子が和生の部屋へ来ることはなかった。店の料理番のおばさんの脚はよくなり、店のかたちが戻ってきた。千鶴子は安心してひと息ついてから、ある晩和生のアパートへまたやってきた。

女の子たちやおばさんを帰してしまったあとの深夜だった。たまたま客が少なくて、早仕舞いしたのだと言った。千鶴子は客が少ない晩の多少虚《うつ》けたような顔を、そのまま和生のアパートまで運んできていた。

最初は彼女の何とはないむなしさを、和生のところで紛らすつもりのように見えた。くたびれたと言いながら、和生の住まいをはじめてしっかり見て、中年女の目を光らせるようにした。部屋のなかの貧しさを確かめ直すような目だった。

「そういえば、たしかにこれがあなただったのね」と、千鶴子はしばらくしてからつぶやいた。

「こんな部屋ってこれまで見たことない。あなたみたいな人はほんとにはじめて」

「いまどき貧乏すぎると思う？　実際何もないからね。ふつうあなたがつき合う男の部屋はこんなじゃないはずだよね」

「ともかく変わってるわよ。この前はよく見もしないで飛び出しちゃったけど」

「そんなに驚いたってことか。とても部屋にじっとしてはいられなかったのか」

「やっぱり変わり者の部屋だわねえ。ほんと、ちょっと呆れるわね」

その晩、千鶴子は幾分おっかなびっくりの態《てい》で和生のベッドにもぐり込んだ。やがて子供っぽく騒がしく面白がり始めた。旅館のときとは違ってきた。

ちょうちん袖の白い上衣を着た大きな女性が、長い年月の末に小さくなって、ここにいるのだという気がした。その体が昔のやせた少女のように軽く、やわらかく、落着きなくからまりつづけた。いかにも勝手な面白がり方だった。

千鶴子ははじめて泊まっていった。が、二人並んで眠る段になると、和生のベッドはさすがに粗末で小さすぎた。日ごろ不眠がちだという千鶴子は、その晩も眠れないでいるうちに、店の仕事のあとのママさんらしい姿に戻ってしまった。疲れて寝苦しがる中年女性の体が次第に嵩ばるようになった。

木田はるみは時どき、千鶴子のスナックの手伝いをするようになっていた。女社長の会社の仕事のあと、地下の店で友達の久仁子と冗談を言い合ったりできた。商社マンらの客の名前も覚えていった。

和生はたまに店へ行き、はるみが働く姿を眺めた。はるみは中年の客たちの前で、なかなか当意即妙に、明るくふるまっていた。色白のきれいな肌が、昼間見るよりも輝いて見えた。すました顔で相手をはぐらかしたり、また素直そうに話に乗ってみせたりして危な気がなかった。まだ臨時の手伝いなのに、はるみの隠れた才覚を見るようで、意外な気がした。久仁子がいつも変わらず賑やかなのに対し、はるみは店に出るたびに落着いてきた。

ママの千鶴子は、店ではむしろ平然と若返っていた。地下へ階段をおりると、彼女が年齢不詳の蓮葉娘《はすっぱむすめ》のようにふるまえる小さな場所がひらけるのだ。実際、いつもひどく薄着で、裾が拡がる短いスカートをはいて、フランス人形趣味ともいうべき姿になり、彼女は若い子たちのあいだに紛れ込むことになる。それでも、彼女の声はまわりの子たちよりはっきり低かった。客の前では、その低い声で性的な冗談を言ったりして面白がった。

彼女がたまに何か歌うときは、必ず一時代前のシャンソンだった。ハスキーな低い声で、多少ふてくされた感じをつくって歌った。すると、千鶴子と年配の客たちの世界が何となく出来かかる。若い子たちはしばらく声が出せずにおとなしくしている。

若い子のなかに、いかにも生娘らしく固すぎる感じの理恵がいた。大学を出た年ごろとも見えない、素気ないような娘らしさがあった。清楚な平たい体つきで、ごく真面目なたちなので、夜の仕事に向いているとも思えなかったが、本人は一向に平気らしかった。居心地が悪そうな様子もなかった。

　ママの千鶴子が型にはめる気もないので、客にお愛想も言えない理恵のような子も、何かと無造作な素人娘のままで通していた。いかにもそのまま、年配の客の家の娘みたいになっていることがあった。

　それでも、理恵はただのお嬢さんというのでもないことがわかってきた。学園紛争の時代の若者らしさが見えてくるのは、結局はるみたちと同じことだった。店では生娘らしさを通していたが、少し前まで、学生同士で深くなった男がいたらしかった。しかも、理恵はひとりで旅に出るのが好きで、ちょっとした放浪癖があるらしいことが知られるようになった。

　ギターが入って店で踊るようなとき、たまたま理恵と踊ると、もう洗ったほうがいいような髪のにおいがすることがあった。これがこの一見清楚な娘の放浪癖のにおいだろうか、と和生は面白く思った。

　理恵と話すとき、いつも話が途切れがちになるのに、旅の話題なら話がつづくことがわかってきた。和生は何やかや聞いてみた。

「大学の授業がなくなって、理恵ちゃんはひとりで旅に出ていたってわけ？　それで、いったん出ると、なかなか帰れなかったんじゃないの？」

「まあ、そんなでもなかったけど。ともかくお金がつづかないしね。それに体力が持たなくなるから。それが残念だったわ。体力さえあればっていつも思った」

「無茶な旅をするからさ。見かけによらないんだね。ひとりで頑張りすぎてへとへとになって」

「お金がないから、どうしても無理をするのよね」

和生は、理恵やはるみら十年ほど年下の娘たちと十年年上の千鶴子のあいだにいて、その両方を見ながら、過去の自分の外へ漂い出ていまここにいる、と感じていた。いわゆる会社人間的な人格の外だった。女たちをこんなにゆっくり見ていることなど、かつてはなかった。そんな暇も機会もなかった。これほど近い距離もなかったと思う。すぐ目の前に千鶴子がいて、彼女が自由にさせている若い娘たちがいる。自分はいつの間にかその場所へ入り込んで、こんなふうに見ている。たとえ会社員のころの自分が客として現れ、同じものを見たとしても、見えるものが当然違っているはずだった。

千鶴子と二人でつき合うときは、いつの間にか古い時代に入り込んでいる。それは勤め人時代を飛び越した先にある過去で、もうめったに飛び越す気もなかったところへ、いまあらためて千鶴子と一緒に迷い込むようである。

昼間千鶴子と会い、日曜日の街を連れ立って歩きながら、行き当たりばったりに入る旅館に、戦後の焼跡の安普請がうかがわれる家があった。中へ入ると古くささが目立っていた。千鶴子の細身自体が、そんな古い過去を思わせるところがあった。彼女の店の若い子たちは、スリムではあってももう少し肉づきがよかった。いまの子供のふっくらした感じをどこかにもっていた。千鶴子は戦時中の少女の体のまま生きてきたのかもしれなかった。彼女の感じやすさも、その体が年月を経て独特なものになってきているのだと思わされた。

旅館では、店に出るときのフランス人形のような姿ではなかった。それでも彼女の両脚は、人形ふうのスカートから勢いよく飛び出してくるように見えた。その脚は、もともと、戦中戦後の飢えた少女の脚にちがいなかった。彼女の激しさというのも、もしかすると、いまの時代のものではないのではないかという気がした。

そのとき和生は、旅館の古さのことをまた思っていた。これは自分の子供のころのバラックだと思った。部屋は四畳半で狭苦しかった。そこに戦後の無数の女たちの姿態が積み重なっている気配のようなものを感じ始めた。その感じにふと惹き込まれる思いがあった。

腿まで細い千鶴子の脚の全体が、人形の脚のようでありながら、十分やわらかいなま身の表情を浮かべて動いていた。彼女が店でスカートから膝小僧を出して坐り、体を動かすとき、特殊な照明のせいで白い下着がカッとばかりに蛍光を発することがあった。ひどく鮮やかに股間が光った。そんな瞬間のあらわにのぞいた脚が、古びた旅館の狭苦しさのなかで生きて動いていた。昔のやせ細った女たちの下肢が、狭苦しい部屋に無数に立ち現れそうだった。

床を離れてから、二人で小さな風呂に入る。和生が先に出て、千鶴子が出てくるのを待ちながら、何となく部屋の窓をあけてみる。すぐむこうにビルが立ちふさがっていて、裏側の壁と非常階段が見える。ビルと旅館のあいだに物置らしいものがある。その屋根の上に、なぜかフォークとスプーンが五、六本散らばっている。古い時代のものではない。いまのフォークとスプーンにちがいないが、この旅館でだれかがそんなものを使うとも思えない。客が食事をして投げ捨てる、などということはたぶんない。洋食はもちろん、そもそも食事ができる家ではないのだ。あの屋根へ、こちらの窓から投げたとしか考えられないのだがなぜだろう。

千鶴子を抱いて古い過去に触れ直したあとの、いかにも妙ないまの眺めだと思った。和生はそのちょっとした不思議さにとらわれながらしばらく見ていた。いまの自分がそんな眺めを拾ったのだ、と思った。千鶴子が風呂から出てきても、すぐには窓を閉められずにいた。


千鶴子の店では、女の子と客のあいだに関係ができるようなことはあまりなかった。千鶴子がそれをいやがるのではない。ママの意向とは関係なく、女の子たちがなかなか学生気分を捨てる気になれなかったのだといっていい。若者のあいだではいろいろと発展しても、中年の会社人間と深くなることには多分に抵抗があったのだろう。

そのなかで、真紀という子が例外的に町工場の主人と関係が出来た。その点、真紀が珍しいだけでなく、大会社の客が多いなかで小企業経営者というのも例外的なのだった。

真紀はふだんおとなしくて、あまり目立たないほうだった。が、男と出来てからは目に見えて変わった。見る見る様子が目立ってきた。

店に男が現れると、真紀はショート・パンツ姿のきれいな脚をさらして、男の目の範囲内をほとんど夢うつつのさまで歩いた。ほかの客は眼中になくなった。彼女が男の目から逃れられなくなっている姿が、照明を浴びたように目立ってしまう。

町工場の主人は、いつも遅い時間に店へ来ると閉店までいて、真紀がぴったり着いて一緒に帰る。二人が帰るとき、帰り支度をした女の子らと千鶴子が見送るかたちになる。真紀のきれいな脚が、男の車のほうへ駆けていく。千鶴子は思わず人の袖を引かんばかりにしながら、ひとりうれしがって見ている。薄地のスカートが夜風に拡がる千鶴子の姿が、まるでトウ・シューズをはいて立っているように見える。

当の二人はそれから二、三時間、旅館で過ごすはずだった。真紀の脚は早くもそちらへ駆け込もうとしていた。特にはやし立てるというのでもなく、声をたてずにみんながそれを見送った。

和生は閉店まで店にいることはめったになかった。料理番のおばさんが、もっと早い時刻に帰るのをタクシーで送ることがあった。タクシーに坐ると、おばさんが買い込んだ野菜類の袋がいつも足もとにあった。

おばさんは、千鶴子と一緒に店の仕事を始めたころのことを話してくれた。彼女は昔、千鶴子が勤めていた会社の食堂の調理師だった。千鶴子が会社をやめて銀座のクラブのホステスになってからも、おばさんは仕事を変えていなかった。会社のころからのつき合いだから、若い千鶴子の男関係はみんな知っているのだ、とおばさんは言った。

タクシーの暗い車内で、彼女ははじめていくらか多弁になっていた。店へおりる階段で脚を怪我したとき、病院までつき添ってくれた美人女優の祐子のことも話した。

「あの人最近ちょっと沈んでると思ったら、劇団をやめるんだそうよ」

「へえ、そうなの。やってる芝居が面白くないとか言ってはいたけれど」

「美人が暗い顔してちゃだめ、ってママによく叱られてたわ」

「店は休んでいないよね。まだつづけるんだろうね」

「あの人目当てのお客さんも何人かいるから」

そういえば、同じ劇団の久仁子が、劇団内のごたごたについて漏らしたことがあった。祐子は直接それに関わっているらしかった。劇団の問題に男と女の関係がからんでいるのにちがいなかった。真面目な祐子のことだから、店では何も起きてはいなくても、彼女は劇団の世界で起きる面倒なことに素直に巻き込まれてしまったのかもしれなかった。

そのうちおばさんは、千鶴子がかつてつき合っていた森本という男の話を始めた。森本は店のお客の商社マンで、三年前からロサンゼルスへ行っているのだが、おばさんは二人の馴れそめをよく知っているのだと言った。店を始めて間もないころのことだった。

「すてきな人ですよ。見るからにママの好みで」

「それで、電光石火、出来ちゃったってわけ?」

「ハハ、そのとおり。ママが好みのタイプに熱くなると、それはもう大変なんだから」

「いまの店の子たちは、そのころのことは知らないわけだね」

「もちろんだれも知りやしません。あたしが知ってるだけ」

「森本って人、その後も店へは来ていたんでしょ？　だれも顔を見たことないの？」

「だって、三年も前にアメリカへ行って、行きっきりですもの。でも、そろそろ帰ってくるのかもしれない。そんな話があるのよ」

「ママがそう言っていたの？」

「まだよくわからないらしいんだけど、家族は一足先に引きあげてきたみたい。子供の学校の都合があるからでしょ」

「それじゃ、いずれまた大変ってことになるね。今度は女の子たちがママを見物する番か」

タクシーは裏道へ入り込み、おばさんのアパートの外階段の下で止まった。そこまでのあいだ、おばさんが千鶴子と和生の関係に気づいている様子はうかがわれなかった。

第三章　談話室

和生のアパートに近い商店街の裏手に、多田一郎の会社の「談話室」があった。多田は事務所の一部をカフェのようなものにし、「談話室」と呼んでいた。彼の事務所は繁盛している定食屋のビルの二階だった。

まだ勤めていたころ、多田とは仕事で知り合ったのだが、多田はすでに独立してひとりで商売を始めていた。何年かたち、和生がたまたまこの街へ引越してきて、ある日商店街で多田とばったり出会い、事務所へ連れていかれた。一見したところ、会社の所帯は七、八人のようだった。

多田の会社に出入りしている永井というデザイナーがいた。「談話室」というのは永井のアイデアらしかった。昼間は会社の応接室だが、夜は永井が声をかけた雑多な人間が集まるクラブのようになった。和生は昼間に多田と出会ってその部屋へ行き、会社の女性が出してくれたインスタント・コーヒーを飲みながら、永井のことなどを聞いたのであった。

多田の仕事は、近隣のアジアの国との関係が主だったが、新しいことを始めているところだとも言った。それは日本の伝統食品をアメリカへ売り込むことで、緑茶にせよ豆腐にせよ醤油にせよ、むこうの日本人にではなくアメリカ人に、何でも売ってみようというのが多田の考えだった。

だが、それがうまく行きそうかといえば、まだだめなんだと多田は言った。もうひとつ手応えがつかめなくてということだった。

「そう何度もアメリカへは行けないしね。むこうで人に動いてもらってはいるけれど」

「何かが始まっているんならよかった。面白いかもしれない。多田さんらしいじゃないの」

「まだ何かってほどのことじゃない。でも、少しは余裕が出てきたってところかな」

多田は控えめに言ったが、自信ありげな笑顔になった。

多田が小さな商社をやめて間もないころ、和生は一度だけ一緒に飲んだことがあった。そのとき多田は、彼の新しい商売のことはあまり話したがらなかった。まだ自慢できるようなこともないから、というのだった。そもそもそんなことで和生を頼る気もないらしく、話は仕事のことから離れていった。多田はこれが本題だといわんばかりにまったく別の話を始めた。

じつはわたしは映画が好きで、いまでもたくさん観るほうなんですよ。暇さえあれば観ている。それで、商売は商売として、映画のことで何かできないかと思うこともある。映画はわたしの中学時代からの趣味でしてね、それはずっと跡切れずに来てます。もう長いことなのに、なかなか思い切れない。戦後っていうのは、映画の全盛期でもあったわけだ。映画館で観るだけじゃなくて、小学校の校庭なんかで、夜大きな暗いスクリーンで観ることがよくあった。ずいぶん大ぜいで観たもんです。むしろそういう映画の印象が強く残った。わたしらはそんな時代の育ちですよ。だから、商売は商売として、いまでも映画のことを思ったりします。館野さんはどうです?………

和生はそのときのことを思い返した。こちらもその後会社をやめることになったが、もしかすると多田は何か予感していて、そのとき仕事の話をしないですむ相手としてこちらを見ていたのかもしれない。仕事の外へはみ出していきそうなものが見えていたのだろうか。和生はあらためてそう思った。

何年ぶりかで見る多田の笑顔に向けて、和生は映画のことを聞いてみた。

「いや、さすがにあまり観なくなりました。それどころじゃなかったもんでね。でも、いまはそんな時期も何とか過ぎたことだし」

「それで、談話室が出来て、面白くなりそうですか」

「さあ、どうかな。ともかく永井君にまかせて、当分見ていますよ」

それから多田は、永井という男はまだ若いが見どころがあり、生活補助のつもりもあるのだと言った。週日の晩は「談話室」の仕事をしてもらうことにした。わたしも遅くまで会社にいるんだから顔を出してもいい。わたしの道楽がさっそく始まったといわれることがありますがね。しかし、そんな大したことじゃない。映画に金を出すようなこととは違う、と多田は話を切りあげながら言って笑った。

和生は事務所へ戻る多田と別れるとき、彼の姿をもう一度眺めた。前に会ったときの姿を思い出そうとしてみた。前より動きがきびきびしてきたかもしれない、と思った。人を使うようになって、そんな動きが出てきたのにちがいなかった。小柄なので外で見ると目立たないが、室内では彼のいまの姿がはっきり見えた。


和生は「談話室」の会員になることにし、四、五日後に行ってみた。永井という二十七、八の青年と顔を合わせた。

永井は小まめに動きまわり、和生にも会の決まりなど説明しながら、あけっぴろげの笑顔を見せた。「談話」のための飲みものとして、各人ウィスキーのボトルを一本ずつ永井から買い、キープすることになっていた。例会では、「何でもない個人の話」という題で代わる代わる自己紹介をしているということだった。

永井は和生の簡単な履歴を聞いて、なぜかうれしそうな顔をした。そういう方にここで話をしていただきたいんです、と言った。いまの時代に、組織を離れて生きる個人としての話を聞きたい。ここは何でもないただの個人のための談話室です。会社の話は禁句ということにします。じつはそれがむつかしいのですが、それでも少しずつわかっていただいているようです。あくまでも、何でもない個人の自由な集まりということにしたい。館野さんの生き方を皆に話していただきたい。

和生は自分の生き方を説明することなどできないと思った。そもそもそんなものはまだ出来ていなかった。だから、月に一度の例会は当面はずして、ふつうの日にウィスキーを飲みにいくことにした。たしかに永井は、崩れたところのない明朗な青年だった。率直なもの言いのなかに生得の人なつこさが感じられた。多田が見どころがあると言うのはわかりやすかった。

永井は、これから会員に女性を加えたいので連れてきてほしい、とも言った。はじめに和生が聞いたところでは、多田のもともとの考えは、男だけのクラブということらしかった。少なくともそんなイメージが伝わってきた。永井のほうは、クラブというより、もっと開放的なカフェに近いものを考えているらしく見えた。

和生が行った日の「談話室」は、男ばかり五、六人でぼそぼそとしゃべっていた。まだお互いに十分馴染めていなかった。何かの事件が話題になっても、話がほんとうにはずむわけではなかった。永井が気にしてそわそわするのがわかった。

次に行ったときは、学生デモの騒ぎで焼かれたレストランのことが話題になった。学生たちと機動隊がぶつかったはずみに、いわばどさくさまぎれのように、焼かれる理由がまったくないレストランがきれいに焼けてしまった。明くる日昼休みに行ってみたら、五百メートルも手前から涙が出るんです、と生命保険会社の男が中心になって話した。まる　日たっても消えないすごい量の催涙ガスでしたよ。レストランが焼かれるのは、ちょっと胸にこたえるようです。僕はあそこが好きで、デートに何度も使ったもので。あれは大正時代の洋館で、天井が高くて、ちょっとしたコーナーが広くて、いい感じの古い店でした。サービスの人たちにもどこか古風な落着きがあってね。………

そのあと、柴田というカメラマンの青年が写真のことを話しだした。柴田はいま人気の「婦人科」カメラマンの仕事に批判的だった。その人の若い女性の写真を、和生もたまたま知っていた。そんなふわふわした娘たちの写真なんかすぐに古くなる。いまは時流に乗っているだけだ、というのが柴田の見方だった。ふわふわ感を強調した画面の処理が気に入らないのだとも言った。柴田は意気軒昂だった。が、写真家として自分が何をやりたいのか、まだはっきり説明できずにいた。

その後また柴田と会ったとき、彼はなぜかウィスキーを飲みすぎて、やがて体をぐらぐらさせ始めた。それまで彼の話はしっかりしていたのに、急にしどろもどろになった。和生は若い柴田の思いがけない酔態を見ながら、しばらくは何もできずにいた。

そのうち柴田は、ふと正気をとり戻した。そして、僕はきょうはたくさん酒を飲む必要があったんです、と言いだした。それはほんとなんですよ。もしたくさん飲んで、酔いつぶれても無事だったら、僕はもう治ったことになるはずなんだ。いまそれを試しているんです、と彼はつかの間の正気の顔で言った。

柴田は、自分はじつは性病科の治療を受けて、いまようやく治りつつあるところなのだと説明した。菌はひとまず消えたので、一度大酒を飲んでこいって医者に言われたんですよ。だから、いま酒で試しているわけです。もしやムスコがむずむずし始めないか、絶えず心配しながら見張っているんです。だてに酔っ払ってるわけじゃないんだ、僕は。

どこでも抗生物質を使うのに、その医者は使わない。抗生物質はだめですよ。全然利きやしない。その医者のところへは、抗生物質がだめな患者がたくさん押しかけているんです。すごく繁盛してる病院ですよ。そこではみんなが抗生物質の悪口をいう。その医者は、クスリを直接ムスコに入れるんだけど、二カ月もかよえばだいたい治るって評判で、それを聞いて僕も行ってみたわけなんで。……

好青年の永井は、その話を聞きながら妙な顔をしていた。女性抜きのクラブにこそふさわしい、カフェ向きではない不思議な話を聞くというふうで、口をはさむことができずにいた。柴田は永井に何かことわりのことばを言いかけ、そのまま再び酔いのなかに埋もれていった。永井はそのあと、酔漢をどう扱うべきか頭を悩ませているようだった。

和生は次にウィスキーのボトルを買った日、永井青年と少し話した。

「たまに酔っぱらう人もいるけど、なかなか静かでいいんじゃないの？　これはこれで少しずつ空気ができていけばいい」

「もっと騒いでもらってもいいんですけどね。でも、まだ皆さんばらばらで」

「ここがフォーク喫茶なんかなら、プロテスト・ソングを歌って気勢をあげたりするんだろうけど」

「たしかに、僕が音楽好きならフォーク喫茶かな。でも、もうそんな流行に乗る歳でもないもんで」

「そうかな。君がそう言うの？　レストランを焼いてしまうようなデモに君が行っても、まだまだよさそうなもんじゃないの」

「政治とは関係なく、何か激しいことがやれればいいんですけど。でも、たぶん僕には向いていないんですよね」

「いまの時代、やはり音楽のほうがやりやすいだろうね」

「ええ、行動につながりやすいですから。でも美術系はちょっと」

永井はウィスキーの代金を受けとりながら言い、客の氷の世話をしに離れていった。

ある日、和生は木田はるみと会い、夕食後彼女を連れて「談話室」へ行った。永井が女性客を加えたがっていたからだ。が、殺風景な部屋でウィスキーを飲むだけの「何でもない個人」の会に来たがる女性がいるとも思えなかった。それでも、もしかしてはるみなら面白がるかもしれないと思った。

たしかにはるみは、殺風景自体を気にする様子はなかった。むしろ、それはそれで馴れているというふうだった。彼女は女くさい千鶴子の贅沢なスナックで何とかやりながら、男ばかりの貧寒たる小世界でも平気にしていられて、ふだん「アトランタ」ではのまない煙草をこちらではのんだ。

永井が気をつかってくれ、ほかの男たちより歳も近いので、はるみは永井に気を許す様子を見せた。和生が無理に話さなくても、彼女は永井相手にしばらく話をつづけることができた。

「万博が始まって、大阪へ行く人が多いけど、永井さんは？」

「すごい数の人が押しかけてますね。岡本太郎と太陽の塔か。でも、関西は金がかかるし、暇もないしね」

「あんなふうなデザイン、好きですか」

「デザインと言っちゃ悪いかもしれない。でも、あれは僕の好みではないです」

「ともかくお金がかかるわね、新幹線は高いし。東京の若者はあんまり動いていないみたいね」

「僕のまわりで大阪へ行くっていう奴はまずいないと思うけど」

和生がウィスキーをついでやるたびに、はるみは断わりもせず、するすると飲んだ。「アトランタ」で飲まないぶんだけこちらで飲むというふうに飲んでいた。永井との話はもう少し進んだ。

「美大へ行った友達もいたけど、その人はいま劇団の仕事をしているの。ちょっと大変みたい」

「演劇の世界へ？　舞台美術ですか？」

「小さい劇団だから、結局何でもやってるみたいね」

「そんな道は考えたことなかったなあ。それもまたアクチュアルで面白いんだろうけど」

そのとき、水道局勤めの村田という男が、はるみとは反対側から来て坐り、和生に話しかけてきた。

「このあいだは柴田さん、つぶれてしまったですね。あなた世話を焼いていたけど、あれからどうなりました？」

「特にどうってことなかったですよ。ほんとうにつぶれたわけではなくて」

「そうですか。わたしは帰るときちょっと心配しました。ここではあまり見ない飲み方だったから」

「勢いがよすぎましたね。たしかに、ああいうのは珍しいかもしれない」

「やけのやんぱちのようでしたね」

「いや、じつはそうでもなくて、むしろ冷静に飲んではいたんだけど、………」

「ところで、館野さんは隅におけないね。それこそ冷静そうに飲みながら、ちゃんと隣りに若い女性を侍らせていて」

「永井さんに会わせようと思ってね。でも、あなた、よかったらこちらへどうぞ」

和生が席をゆずると、村田はすす早く尻を動かして移り、はるみに話しかけた。

「学生さん？　お勤め？　女性は珍しいから、びっくりしますよ」

「びっくりさせてすみません。あたし学生だったほうがいいんでしょうか」

はるみは相手を見返し、固い調子で言い返した。少し酔ってきているらしかった。

「ということは………。それでは、いまどんなお仕事？」

「どんなもこんなも、まだ勤めてもいません」

「でもね、学校は出たんでしょ？　試験準備中とか、そんなところですか」

「水道局でも受けてみようかと思って。でも、あたしそんなに真面目そうに見えます？」

「見えます、見えます。水商売なんかには全然向いていない。そういえば、水道局も水商売だけどね」

和生は早めにはるみを連れて出た。街を歩くと、まだ酔って歩いている男はいなかった。はるみは千鶴子の店の祐子のことを教えてくれた。

「あの子、劇団やめちゃったんだけど、お店もやめるって言ってるのよ」

「へえ、そうか。驚いたな。劇団の人間関係は想像できないけど、そこに巻き込まれて、どうにもならなくなっているってことだね」

「あたしにも全然わかんない。何だか傷だらけになってるみたいなの。お店にも出てこられないっていうんだから」

「あの子は真面目すぎて、騒ぎのまん中へ入り込んじゃったんじゃないのか」

「そうかもしれない。もっと適当に身をかわせられるといいのに」

「それでママはどうしてる？　そのことで何か話したりしてるのかな」

「相談に乗ったりはしてないと思う。何もできないんじゃない？　でも、あっさりしてるのよ、ママって。そこまで立ち入る気はないのよ。あの人、そういう人だから」

五月に入り、夜も暖かくなっていた。はるみの白い肌が、街の闇にしっくりと馴染んで見えた。目尻の切れた顔の白さが、千鶴子の店へ出ない晩の闇に浮かんで、つかの間ひと息ついているようでもあった。そういえば、彼女が女社長のオフィスからこの街へおりてくるのも久しぶりにちがいなかった。


和生は千鶴子と行楽の旅に出ることにし、伊豆半島へ出かけた。山の渓流沿いの旅館で一泊し、海辺へおりて漁村の旅館でもう一泊した。

千鶴子は伊豆の温泉地のことをよく知っていた。若いころくり返し男友達と出かけた旅先らしかった。現地へ入り込むにつれ、そのことが見えてきた。戦後の東京人の遊楽の地の経験が、千鶴子のなかに十分積み重なっているのがわかった。少年の和生が知ることのなかった、昭和二十年代の若者の経験なのだった。

バスで半島を南下しながら、和生は気を軽くしていた。日ごろ翻訳の賃仕事で動けずにいて、このへんまで出てくることも久しくなかった。千鶴子が過去の記憶を黙ってかかえ込んだようにしているのに対し、たいした記憶をもたない和生のほうは、勝手に軽々しくしゃべって気分がよかった。十年歳下らしい調子がことさらに出てくる、こんなのははじめてだ、と思った。

渓流沿いの宿は山の緑に埋もれていた。天気はいいのに人が少なかった。千鶴子は温泉宿の静けさのなかで不思議に落着いていた。彼女の店ではしゃぐいつもの千鶴子ではなく、連れ込み旅館で破目をはずす千鶴子でもなかった。行楽地へ出てきてはじめて見る彼女の姿だ、若いころはどうだったのだろう、と思った。

暮れ方まで温泉につかって、茹《ゆ》だったようになった。部屋へ帰るとすぐ、料理が運ばれて、仲居さんが来た。

千鶴子と似た年頃の仲居さんがお燗の酒をついでくれた。彼女の着物姿に対して、千鶴子は洋服だったが、そういえば伊豆へ来てからの千鶴子は、たまに着物を着たときのようなおとなしさだった。同じ客商売の女同士、千鶴子が着物を着て仲居さんと向き合ったらどんなだろう、と思った。

だが千鶴子は、実際は夏物のワンピース姿で、ぼってりした着物姿の仲居さんの前にいた。彼女の華奢な姿が目立った。化粧も仲居さんよりずっと薄くて、普段着めいた軽装が彼女の歳を裸にするようだった。仲居さんは千鶴子に何か言いかけたあと、ふと口をつぐみ、沈黙が来た。和生は料理のことを何やかや仲居さんに聞いたりした。

思わず沈黙した仲居さんの目に、二人の客の歳のひらきが大きいのが見えているらしかった。千鶴子は鬱陶しそうな顔になり、それから不安気に身じろぎするのがわかった。

おそらく千鶴子は、過去の旅では常に年上の男と一緒で、和生のような男と二人で仲居さんの目にさらされるという経験がなかったのだ。彼女はそのことを忘れていたのだろう。それに気づいた瞬間、千鶴子は驚き、思わぬ動揺を覚えたのにちがいない。

仲居さんは、お銚子一本の酒を二人につぎ終わるまでのあいだ、もっぱら和生に話しかけてきた。

「このへんはこれからがいちばんいい季節ですの。緑がほんとに青々としてきて」

「どこも谷が深いようですね。そして緑が深い」

「水がいいんですのよ。たくさん湧いてくるんです。ワサビの里ですから」

「あした歩いてみます。僕らそのつもりで来たんで」

「もっと行きますとね、有名な滝があります。下までおりると寒いようですよ」

「それだけ谷が深いんだな。急坂ですか」

「ええ、とても急。でも、大丈夫ですよ、お若いんですから。ほんとにお若い」

仲居さんは追加の酒をとりに行って戻り、それから引きあげた。

千鶴子はすっかり機嫌を悪くしていた。仲居さんが出ていくや否や、

「何よ、あの女。あたしのほうはろくに見ようともしないで」

と、見えなくなった背中に向けて悪態をついた。

それでも、それから杯を重ねるうちに、千鶴子はもとの落着きをとり戻した。仲居さんが食後の皿を片づけに来、男が蒲団を敷きに来て、やがて水音の激しい宿のなかが静まり返った。千鶴子は床に入っても、陽気な応え方にはならなかった。体の敏感さを抑えているという様子があった。床のなかのいつにない平静さに和生はほとんどたじろいだ。千鶴子の意志的な構えのようなものを感じた。和生はその構えのなかへ、みずから組み込まれていく気持ちになった。それは実際はじめてのことだった。

千鶴子の不思議な落着きは、静かな宿にふさわしいともいえた。彼女は変に静かに受け身を守っていた。ふだんの千鶴子の、和生を相手に騒がしく遊ぶような調子は、最後まで出てこなかった。

翌朝、千鶴子は仲居さんの前でも平然としていたし、宿を出て山道を歩くときも平静な様子だった。脚は意外に強かった。滝壺へ下る道も、和生に従って難なく下った。山はどこも気持ちよく青々としていた。

バスをつかまえ、西の海辺へ向かっておりていった。雲が出て日射しが消え、海は灰色がかってきた。深い入江の小さな漁港に着いた。千鶴子は海を前にしながら何も言わなかった。町はほとんどひと気がなかった。

旅の二日目になって、千鶴子はなぜか不機嫌な様子を見せ始めていた。いつにない落着きと見えたものが、次第に不機嫌というべきものに変わっていた。和生に対してろくに反応したがらない表情が定まってきた。そんな千鶴子を見るのははじめてだった。

昨日来、彼女は少しずつわかりにくい相手になってきていた。何しろ騒がしくならないし、いつものあけすけな調子が消えてしまい、ことば数が少なくなった。不思議なことだった。和生はこれまで千鶴子の不機嫌を知らなかったので、何が起きたのかわからずにいた。

二人で漁港の一帯を歩きまわることにした。宿に荷物を置くとすぐに出て、小さな町を見て歩いた。町を出はずれて登ると、少しずつ入江の全体が見えてきた。松の木蔭まで来てどちらも立ち止まった。

千鶴子は、小舟が二、三艘浮かんでいる灰青色の海を見ながら、何かひとこと言いかけた。はじめて景色のことを言うのかと思うと、そうではなかった。

「今晩寝ると、旅も終わるわね。そうしたら、あたしたちも終わりにしましょ」

抑揚のない低い声で、千鶴子は和生を見ずにそう言った。

そのひとことで、和生は千鶴子のわかりにくさが消えていくのを感じた。ここへ来るまでのあいだ、彼女はそのことばをかかえて重くなっていたのだ。不機嫌そうな顔にもなっていたのだ。そして、昨夜は床のなかの見馴れぬ姿に思わずたじろがされるようだったのだ。

いまや千鶴子のわかりにくさは消えつつあった。薄紙をはぐように見えてくるものがあった。和生は千鶴子という女のなかの重さを探り出すようにしてみた。日ごろ彼女とつき合いながら感じることのなかった重さが、こちらには見えない別の場所にあったのだと思った。彼女は少しのあいだ、それを背後に押しやっていただけだったのかもしれない。

　和生は少し考えてから、三年前に別れたという男の名前を出してみた。

「森本さんじゃないの？」

「まあ、そんな名前だっけね。もう帰ってくるんじゃないの？」

「おばさんだよ。すてきな人だって言っていた。帰国は決まったの？」

「来月。今度はちょっと短かかったみたいなの」

「それにしても、三年は長かったね。ほんとに別れたわけじゃなかったんだろうから」

「また帰ってきちゃう人なんで困るのよ」

「あなたはたぶん待ちこがれていたんでしょ？　でも、僕はそれがわからなかった」

「何よ、待ちこがれてなんかいないわよ。そう簡単な話じゃないの。でも、あなたって隅におけないわね」

　そんなことばとともに、もとの千鶴子が見る見る戻ってきた。彼女は旅先にかかえてきたものを投げ捨てて、ひと思いに軽くなるようだった。和生はそれを見ているのが好ましいという気持ちになっていった。

　戦後の解放感に始まる千鶴子の半生というものが想像できた。それは彼女の華奢な体を精一杯つかって生きた半生なのだ。彼女はたしかに軽々と生きてはいるが、それが同時に重いものを引き寄せてしまう。当然何やかや引っかかってくるものがあって、足をとられそうになる。

彼女のなかに重いものがたまってくる。

そのうち、彼女の肌は否応なく皺ばんでくる。色艶もくすんでしまう。が、それでも彼女の生命はますます活動せずにはいない。少々歳をとっても、生命の騒ぎは止まらない。それはいまも止まってはいないのだ。和生は、森本という人との関係が面倒なものであってもなくても、千鶴子は十分幸せな女だと思えるような気がしていた。

宿へ帰ると、窓の外がたそがれてきた。ひなびた眺めが灰に埋もれるように消えていった。夕飯には海の魚がふんだんに出た。意外にも千鶴子は魚が苦手らしく、その量の多さにあきれて騒ぎだした。昔男友達と旅をしても、漁港の宿に泊まったことなんかなかった、と言った。

昨夜の山の宿では川魚が出て、千鶴子はおとなしくそれを食べていた。きょうの宿は海の魚が評判の家だったが、千鶴子は魚から目をそむけるようにして拒んだ。年下の男を相手にする彼女の騒がしさがすっかり戻っていた。さっきまでの不機嫌さのブレーキがはずれてしまっていた。

なるほど、千鶴子の魚嫌いを、つき合いの最後になって知らされることになったと思った。彼女の昔の男友達が知っていたはずのことを、自分はいまのいままで知らなかったな、と和生はひとり思っていた。

第四章　再び街へ

新緑の季節の晴天がつづくうち、和生はやがて、街の空がもっと開けている大川のほうへ誘い出される思いになった。家々の軒の低い大川端は、和生のアパートの街より光があふれているはずだった。たまたまそちらへ出て行ける仕事が見つかった。和生はひと月半ほどのあいだ、毎日大川のほうへ旅するように出かけることになった。

労働というアイデアが生まれていたのだ。労働によって燃えだす体熱に乗って、自分が軽く浮遊し始め、未知の広大な街々を動きまわれるようならそれがいい、と思った。部屋にこもりつづける仕事から抜け出したかった。「談話室」も退屈になりかけていた。こんな季節こそ労働だと思った。

主に瓶詰めの清涼飲料を配送するトラックに乗る仕事だった。そんな仕事がほとんど理想的に思えた。清涼飲料の会社の営業所が、川むこうの深川にあった。大型トラックが並ぶ広いガレージの上に簡素な事務所があって、和生はそこへ毎日のようにかようことになったのだ。

朝は六時に起きる。それは翻訳の仕事のために起きる時間ではない。和生がこれまで見ていなかったものが、いちいち見えてくる時間かもしれない。和生は、あらたに街へ誘い出されていくための早い時刻と向き合う気持ちになっている。八時までには遠い川むこうの事務所に着いていなければならない。

地下鉄で下町へ向かう。下町の地下鉄駅から地上へ出ると、すぐそばに小さな豆腐屋がある。たっぷり濡れた三和土《たたき》が朝日を浴びている。店先に出ている大樽のなかの大量のオカラが、光を受けていかにも白い。隣りのガラス・ケースにはふっくらしたガンモドキが並んでいるが、その前に立ち止まるのはそこの町の住人である。彼らは地下鉄をおりて仕事に急ぐ人間とは、目が向く方向がおのずから違っている。朝食のために豆腐を買いにくる人がまだまだいる街なのだ。

行李を作る店がある。編みあがったばかりの白々とした竹の行李が積んであるのがガラス戸越しに見えるが、板の間に職人はまだ坐っていない。三味線づくりの老舗も人がいない。煎餅の店は広い間口が開け放たれ、店先に水が打たれたばかりで、田舎出らしい若い娘が濡れた片手を振りながら、空バケツをさげて店へ入っていく。煎餅を焼く炭火がすでに赤くおこっているのが見える。

夕方、帰り道にそこを覗くと、まだ若い主人夫婦が炭火を中にして坐り、細君が一枚一枚裏表に醤油を塗り、主人がそれを丁寧に焼き、若い娘が焼けた煎餅を箱に並べている。西日の照り返しで炭火が透き徹るように赤い。赤い炭の熱の上で、主人が呆然と面《おもて》をあげてこちらを見る。三人の手の、息の合った無言の動きが、暮れ方のけだるい空気のなかでからみ合うのを、彼らは通行人の前で半ば恥じているみたいでもある。

朝、表具師の店も葉茶の店も開け放してあるが、人は見えない。茶を煎る匂《い》いもまだない。店の前の打ち水が行く手にずっと続いている。裏通りの日蔭へ入ると、行く手を横切る大通りの光が建物のあいだにくっきりと浮かぶ。光は今にも燃え立ち、燃え拡がり、そこへトラックが乗り出していくのだと思う。運転台に乗っていると、燃え始めた自分の体熱によって光のなかへ押しあげられ、光と一体となって漂い始める。そんな時間を思ってみる。

大橋のたもとへ出て、川風のなかへ入っていく。太い材木を針金で縛り合わせた長い筏が、小舟に曳かれて川下へ橋をくぐろうとしている。男がひとり、その上を悠々と歩いている。進行方向とは逆に歩いているので、男の姿はなかなか橋の下に隠れない。何もない筏の上を、際限もなく歩きつづけそうに見える。

橋を渡りきるころ、平たい空舟が一艘、川上から橋に近づいてくる。男がひとり艫《とも》に立ち、腰を舵棒に当ててもたれかかり、川下を見据えながら、後ろ手に舵棒を操作して、橋脚のあいだの暗みへ入っていく。赤々と輝く潮焼けした顔が、光と暗がりを貫いて平然と流れていく。街なかに現れる意外に大きな自然に身をまかせる男の一日があるのだと思う。

地下鉄の駅から二十分、倉庫の並ぶ川沿いの道へ折れると、大川の眺めも舟の音も消えてしまう。やがて、清涼飲料会社の前の歩道が、車を洗ったついでに撒かれた水でびっしょり濡れているのが見えてくる。出勤するルート・マンが一人二人と横丁から飛び出して、広いガレージの隅のタイム・レコーダーへ駆けつけようとしている。彼らの出勤の道は違っているのだ。ガレージには黄と青に塗り分けた会社の有蓋トラックのほかに、色のない無蓋トラックも何台か入っていて、それらにはすでに運転手が乗って新聞を読みながらパンをかじったりしている。契約している運送会社のトラックと運転手で、彼らは事務所へはあがっていかない。

タイム・レコーダーの脇に、ごく狭い階段がある。三階の事務所まで、二階の倉庫を飛び越してまっすぐに通じている。古いコンクリートの階段はひどく急で暗い。長くて汚い穴のようだ。そこがこれからの労働の日々のための入口なのである。事務所の女の子が一人、ミニスカートなので逃げるように駆けあがっていく。

事務所の手前に更衣室があるので、まっすぐそこへ行く。ルート・マンとアルバイトたちが一緒に使うことになっている。ルート・マンたちは、前の晩の麻雀のことなどわいわい言いながら、半裸になって着換えをしている。彼らは立派な革の編上靴をはく。和生は持参の古い運動靴だ。事務の人はデニムの青い上下を着ているが、ルート・マンは少し上等なパリッとした暗緑色の服である。和生らは、事務の人と同じ青服の、よれよれに洗い晒したのを当てがわれている。それを手早く身につけていく。

はじめて出勤した日、和生が乗ったのは根岸というルート・マンの車だった。予備校生だという十九歳の矢野も一緒に乗った。ふつう会社のトラックに乗るのは二人だが、根岸の担当区域は荷物の多い日があって、三人になることがある。出発前に、清涼飲料の瓶二ダース入りのケース百五十箱ほどを有蓋トラックの棚に積み込む。矢野はそのとき、根岸がルート・マンのなかでも特に口うるさい男だということをこっそり教えてくれた。

その日一日、矢野と一緒に働きながら、根岸のやり口を十分に知らされることになった。根岸は小言まじりの指示を絶え間なく発しつづけた。矢野はすでに根岸に使われて心得ていたので、まず怒鳴られたのは和生のほうだった。ある店で回収した空瓶のケースを五箱、手押し車に積んで引きずっていたとき、店先から道路へ出たところで箱が崩れ、空瓶が三本割れた。根岸のすさまじい怒鳴り声が上から落ちてきた。

二日目のきのうは別のルート・マンのトラックに乗った。三日目のきょう、出勤して更衣室で青服に着替えていると、ロッカーのむこうで着替えをすませた矢野が、こちら側へまわってきた。

「どうやら僕は根岸さんの車に固定されちゃったようですよ。いちばん若いからこき使えということかもしれない」と、歳よりませて見える色白の眼鏡の顔をぬっと突き出しながら言った。「水曜日ですからね、例によって荷物が多い日だ。だから、きょうはきっと館野さんも一緒ですよ」

「でも、僕は毎日乗る車が違っているよ。きのうは千葉まで行った。歳をとったルート・マンで、楽だったよ。きょうはどっちへ行かしてくれるのかね」

「だから僕らの車ですよ。それは間違いないと思いますよ」

矢野はこもった低い声を押し出し、変に押しつけがましく確信ありげだった。どの車でもかまわないが、和生はそんなことを落着き払った調子で問題にされたくなかった。矢野は声ばかりでなく体も大人びていた。肉づきのよい顔は髪が後退しかけているように額が広く、すでにどこかインテリふうに出来あがっているともいえた。そんな顔で毎日いろんなことを心配していた。

「たしかに人使いは荒いけれどね、まあ、ルート・マンってあんなもんじゃないのか」

「そうじゃない。あれは例外的ですよ」

矢野は近くで騒いでいるルート・マンたちを気にしながら、声をひそめて反駁した。せっぱ詰まったような真面目さがあった。

「根岸さんには気をつけろって、ルート・マンたちがみんな言ってますよ。有名なんですよ。あの人と組まされるとやめちゃう人が多いんですって。アルバイトのなかで僕が最年少だから、こんなことになっちゃったのかなあ。でも、僕は十九には見えないでしょ？　みんなそう言います」

きのう千葉のほうへ行ったのは、運送屋の無蓋のトラックだった。北海道から出稼ぎに来ている若い運転手のほかに、ルート・マンと和生が乗り込んだ。ごくうぶな感じの運転手は、京葉道路を飛ばしながら、「こんなところに住むなんて」と、都会暮らしの悪口をぶつぶつつぶやいた。三十代後半らしい、髪が薄くなりかけたルート・マンが、その愚痴っぽい口調をからかって笑い飛ばしていた。彼は他のルート・マンよりもずっと年上で、古いので、自分で運転せずにすむ楽な仕事をもらっているらしかった。

昼になり、三人は一時間以上も昼寝をした。和生はドライブ・インの前の汚い芝生で横になった。よその会社の大型トラックの車輪のそばだった。もっとむこうのトラックの窓から、運転台で寝ているルート・マンの編上靴が突き出たままなのを確かめては、また目をつむった。

ルート・マンは長年の仕事に馴れきっているふうで、陽気によく動き、和生の助けをあてにする様子がなかった。「空瓶三本割ったら怒ったかね。根岸ならいらいらと怒鳴るだろうね。あいつは要領が悪いからさあ」と、まっすぐこちらを見ずに、遠くの人間に呼びかけるような大声で言った。彼はドライブ・インの馴染みの女の子に、オレンジ・ジュースの缶詰一ダースを卸値で売ってやったりしていた。

きょうはまだアルバイトのルートが決まらない。八時になり、ルート・マンたちが事務所のわきの倉庫みたいな部屋に集まってラジオ体操を始める。アルバイトたちもそのうしろで体操をしたり、そのあと太ったマネージャーが伝達事項をしゃべるのを聞いたりする。きょうは暑いので、作業服の下はシャツを着ていないが、この倉庫みたいな暗い部屋では、裸の上に洗い晒しのデニムの青服がひんやりと重い。ぱりっとした暗緑色の服と編上靴に身をかためたルート・マンたちは、事務所へ戻るとカウンターの前に群がって、がやがやと出発の用意を始める。「得意先台帳」から、きょう巡回する店のカードを集め、道順に従って並べ変えたりする。和生らはルート・マンの暗緑色の群れのうしろで、事務所の青服の男に名を呼ばれるのを待っている。やがて、中年の男が背伸びをしながらこちらを眺めまわす。

「矢野君」と彼はひと声叫び、それから和生を見つけて「館野君」と言った。

ルート・マンたちを分けて、二人揃ってカウンターのところへ行くと、根岸の車の「巡回販売明細表」を渡された。きょうは多くて、二百箱くらいになるからきついかもしれないと言われた。


いつも根岸が乗るトラックは真新しいジェラルミン製の大きいもので、同じものはガレージに二台しかない。あとは古い二トン車ばかりで、ルート・マンたちはブレーキが利かないなどとよくこぼしている。それらは黄と青に塗られて、オレンジ・ジュースの瓶の絵が大きく描いてあるのが古ぼけて見える。が、根岸の車は絵がなく、ジェラルミンの銀色がピカピカ光っている。根岸は配送が終わってからアルバイトたちに洗剤で念入りに洗わせ、朝、ちょっとした洗い残しを見つけるとうるさく言い、その新しい大型トラックを大事にしている。ボトリング工場から日に一度在庫品補給にやってくる車はとてつもなく大きい。それだけは根岸の車を凌ぎ、ジェラルミン製で十トン積みくらいだ。

ガレージの車のあいだを縫って、パレットにオレンジ・ジュースの瓶を八十ケースほど乗せたフォーク・リフトがやってくる。高い席に坐って運転している男は、ガレージの庇の下から朝日のなかへ飛び出しながら、踊るような勢いで乱暴にぎくしゃくと動かし、急ブレーキをかけて根岸の車のわきに止める。ジュース瓶のケースの山がゆるゆるとおろされる。和生は矢野と一緒に、有蓋トラックの横の扉を大きく開いて待ち受け、なるべく急いで、ケースをひと箱ひと箱トラックの棚に放り込む。プラスチックの黄色いケースは、棚のレールを走って反対側の扉近くでどしんと止まる。瓶二ダース入りで軽くはないので、最初の日、いちばん上の棚へつづけて放り込んでいるうち肩の筋を違えて、いまでも痛い。

棚には七十二ケースしか入らないので、残りは屋根の上へ投げあげるが、これがいちばん苦しい。矢野を見ると、日光に向けて顔を歪め、白い肉づきのいい顔一面に水たまりみたいに汗が浮き、動きがどんどん遅くなっている。オレンジ・ジュースが終わってから、ジンジャー・エール、炭酸水、トニックなどの箱をガレージの隅の置場から手押し車で運んで積む。

「あ、ジンジャー・エールはそこに入れると怒られる。うしろ、うしろ」

と、矢野が大事を告げる声で教えてくれる。巡回先の酒屋でおろすときの都合で、根岸が決めている置場所を間違えることは許されないのだ。

根岸が決めていて決してゆるがせにしないやり方の一つ一つが、矢野を通じて少しずつ伝えられるのである。やがて根岸のずんぐりした暗緑色の姿がぬっと現れる。彼は車の棚を見渡して数を調べ、扉をがらがらと閉めると黙って運転台へ乗り込む。矢野があわてた大股で根岸の隣りへ登ろうとする。

「手押し入れたか、手押し」

根岸は向き直って、矢野が乗り込むのを拒むような激しい調子で言い、矢野は確かめていなかったのを恥じてトラックの尻まで走っていく。そこの小扉に鉄の手押し車を入れていくことになっている。その扉がパタンと閉まる音と、「はい、入ってます」という叫び声が聞こえる。根岸が必ず要求するものの一つが声の大きさである。

三人が乗り込んで、他の車に先駆けて出発する。根岸はひとこともしゃべらない。横丁を横切るとき、相撲取りたちがドラム罐のそばにたむろしてふざけ合っているのが見える。皆裸で、背中にべったり砂がついたままの者もいる。大相撲の部屋がそこにあるのだ。最初の日、彼等は少し先の大橋の上を裸で列をなして走っていた。

歩道をむこうから歩いてくる通勤者の群れは、高い位置のガラスの中にいる人間をまず見上げない。歩行者は、大型トラックの運転台に人がいることを大ていない忘れている。一昨日、路上で人目を忘れている女の姿のことで冗談を言ってみると、根岸は一向に喜ばなかった。女の話をしかけると、根岸はふんという顔で横を向くことがわかってくる。

これまでのところ、彼は仕事の話しかしていない。今朝は、矢野が膝の上に乗せている「得意先台帳」のカードの厚い束と「巡回販売明細表」との重ね方が違うと言って注意した。それでも、疲れていらいらしている夕方とは違って、いまはクラクションのボタンをやたらに叩いたりはせずにおとなしく運転している。時どき短く鳴らすのは、ただ臆病のためである。車は浅草のほうへ大橋を渡る。横を走っているワゴンの運転台には、フロント・ガラスの手前に朝食用らしいパウンド・ケーキのセロファン包みが置いてあって、橋を渡りきるまでそれが揺れている。その先に停まっているコンクリート・ミキサー車の運転台に男が登ろうとしている。踏み段がなく、男は前車輪の太い車軸の先に足を掛けてよじ登る。そういう登り方をするものであることがわかる。

裏通りの大きい酒屋の前に車を停める。停めることを早めに察して、助手の二人は白い綿の手袋をはめる。ケースを持ち運ぶ時に、瓶の王冠にこすれて、素手では怪我をするのである。根岸は開店したばかりの酒屋へ、何となく揉み手の格好をして入っていく。矢野と和生は、店の横手の空瓶のケースが積んである場所へ行き、根岸の会社の黄色いケースを探してまわる。清涼飲料の会社が何社も入っているうえに、ビール瓶が山のようである。それらがしばしば入り混って高々と積まれている。その中から引張り出したケースに空瓶二十四本ずつをきちんと詰め直し、他社の瓶が紛れ込んでいるのを外へ出し、ケースを五箱ずつ積んで手押し車で車のわきまで運ぶ。

根岸が店から出て来て、「オレンジ十、炭酸五つ」と、その店におろすケースの数をぼそぼそと伝える。助手の二人はトラックの扉をガラガラと開け、言われた数だけケースをおろして道路脇に積む。根岸はおもむろに数を見て顎をしゃくり、三人で二ケースずつ両手に下げて店の奥へ往復する。商品置き場は大てい裏手にあり、かび臭く湿って真暗なところを手探りで電気のスウィッチを探したりする。そして、商品のあいだの狭い通路を体をはすにしてよろよろと運ぶ。オレンジ・ジュースは時がたつと悪くなり返品されるので、前に納品したケースが新しいケースの上になるように積み変えなければならない。体を動かしにくい狭さで積み変えをやるのは骨が折れるが、根岸は会社の指示を忠実に守っている。

表へ戻って、空瓶のケースをトラックの空いた棚にどんどん投げ入れる。鉄の手押し車はうしろの小扉に押し込む。根岸が帳場で代金を受け取って戻るまで、二人はトラックに乗って待つのである。乗らずにそのへんにいて、いつの間にか根岸が運転台に入ったのを知らずにいると、クラクションをブーブー鳴らされてひどい目にあう。

根岸を待つあいだ、二人きりになると、矢野は自分自身について話しだし、年上の和生のことも聞きたがる。なかなかおしゃべりで、際限もない調子になってくる。矢野は予備校二年目で、難関の大学の法学部を狙っている。社会のからくりというものについて、次々に早呑み込みしていくらしいところがある。政治や経済のことに関しては、ひととおり何でもしゃべる。和生の歳については、早呑み込みで二十五くらいだと決めてしまった。経歴をしつこく聞くので、二十五歳から急いで逆算して辻褄をあわせてやる。すると矢野は、たちどころに和生という人間をつかんだ気になったらしい。ただ、会社をやめてアルバイトをしているのが、有利な転職のチャンスを待つためだという説明に関しては、やはりいくらか胡散臭く思っているようだ。こちらが不用意に曖昧な言い方をしてしまうと、露骨にふんという顔をする。その点をそれとなく何度も突き、どんな仕事に野心をもっているのかといったことを聞きたがる。

根岸が車の前をまわって運転席へ戻ってくる。日に焼けてむくんだように赤味のある顔で、細い目がいつも幾分下の方に向けられ、無表情にむっとしている。集金した金を入れる汚れた布袋を腰にさげて、編上靴が重過ぎるみたいに不活発に歩く。ぬっと乗り込んでくるとき、彼の暗緑色の服が何か陰険な暗さでこちらへ迫ってくる気がする。艶のない彼のこわい髪がこちらに触れそうに近づいて、ハンドル前の位置に戻る。

「あ、きのうの不良罐がそのままになっている」と、とつぜん矢野が膝の前の小物入れの蓋を引き開けて覗き、子供っぽいはずんだ声をあげた。オレンジ・ジュースの罐のへこんだものが三つ、きのう新品と引換えに回収したらしく、そこにしまってあった。「これ、どうしましょうか。帰ったらどこへ持っていきましょうか」

罐のへこんだオレンジ・ジュースは、ルート・マンがこっそり勝手にできるのかも知れないのにと思い、矢野の先まわり癖がおかしかった。

案の定、根岸はひどくいやな顔をして、

「余計なことを心配するな。そんなことは俺がやる」

と、ぴしゃりと言った。矢野は、先まわりの末に見当はずれな答えをした生徒みたいに赤くなった。

しかし、根岸はそれだけでは容赦せず、執念深く攻めてきた。

「おい、空瓶のケースはいくつだ？　オレンジと炭酸とジンジャー・エール、いくつといくつだ？」

二人とも無駄話のあいだに、回収したケースの数を忘れてしまっていた。二人は急いで運転台から飛びおり、もう一度ガラガラと扉を開けて数を調べ直した。

根岸はさっき自分で勘定したくせに、意地悪ばかりではなく、ほんとうに数を忘れているらしかった。「大丈夫か？　確かか？　ちゃんと憶えていろって、何度言ったらわかるんだ？」と大声でがみがみ言ってからやっと、「巡回販売明細表」にしっかりした字で慎重に数を書き入れた。他のルート・マンは、ケースの数の勘定は決して助手にまかせたりしないので、千葉へ行くルート・マンが根岸を要領が悪いと言ったのは、こういうところを指していたのかもしれない。臆病で一所懸命で几帳面なわりに抜けているということらしい。

近くを二、三軒まわってから、そろそろ根岸がカー・ラジオをつける頃だと思っていると、大通りへ出て飛ばし始めるや否やスウィッチを入れた。歌謡曲がガンガン鳴りだした。いまはやっている曲が聞こえだすと、根岸はふっと腰を浮かすようにしてハミングを始めた。そのハミングにもどこか人を寄せつけない感じがあるが、ともかく彼は音楽が好きなのだった。音楽で上機嫌になると、根岸ははじめてちょっとしたことばをかけてくる。きょうは和生がいくつで、何をしているのかと尋ねた。

「二十五ですよ」と、矢野が急いで答えてくれる。「去年勤めをやめたんです。アルバイトのなかでいちばん年上なんですよ。僕が最年少」

「もうちょっと上じゃないのか」

「二十五ですよ。そうでしょ?」

矢野の先まわり癖を、和生はそのままにしておく気持ちになる。

矢野は努めて従順に働いているが、根岸にひどい剣幕で怒鳴られることが多い。根岸は運転台のなかの物の置き場をいちいち決めていて、矢野は絶えず根岸の意に沿うように物を置き直したりしていた。そのときも、フロント・ガラスの前に乗せてある請求書や領収書の綴りを揃え直したところだった。とつぜん、強風が窓から窓へ吹き抜け、上になっていた請求書の綴りがめくれあがった。三枚ほどがちぎれて窓の外へ高々と飛んだ。根岸は猛烈な急ブレーキをかけた。

「馬鹿野郎! 拾ってこい」と、凄い形相で矢野を睨みつけた。「俺がちゃんと置いたソロバンを、何で勝手に動かすことがある! 早く行け、早く」

そういえば、ソロバンが重し代わりにのせられていたのを、矢野がわきへ置いてしまったのだ。根岸は手を伸ばして、めくれている綴りの上にソロバンをバシッとのせ直した。その小さなソロバンは、おそらく二人のルート・マンが使えるように一つを半分に折った片方で、折れ口が斜めになっている。竹製のソロバンをどうやって二つに折るのかちょっとわからない。

矢野は道のむこう端へ飛んでアスファルトの上を走っている紙切れを、真赤な顔をして追いかけた。根岸はうしろに車が来ているので気が気でなく、最後の一枚を押さえかけたのがまた飛ばされるのを追っていく矢野に向かって、ますます声を荒らげて窓から罵った。矢野はそういう声にいちいち動作を止め、汗ばんだ赤ん坊みたいな顔をこちらへ向けて根岸の考えをうかがった。車がつづいてすれ違うと、矢野はすぐに見えなくなった。

十二時頃、根岸はいつも決めている中華料理店の近くに車を停める。安油の匂いがこもっている狭い店で三人が顔をつき合わせることになる。が、彼はひとこともものを言わない。顔をそむけるようにして、客がくしゃくしゃにしたスポーツ新聞の競馬欄だけをざっと読む。ごく安いが、ただどろどろしているだけの料理だ。店の水道で顔や口を洗えるのだけが救いである。食べるのが遅い和生が最後の一口を頬ばるや否や、根岸はすっと立ち、自分の代金を払うと、ついて来いという様子で店を出る。

ともかく昼休みだ。ひとりトラックの屋根に登って休むことにした。登りかけると、さっそく運転台に入り込んでいた根岸が窓から顔を出し、「車を汚さずに登れ」と怒鳴った。屋根の上からは、長い塀越しに中学校の昼休みの校庭が見えた。

すでに瓶のケースをおろしてしまい広々としている屋根の、なま温かいジェラルミンの上に、しばらく膝をかかえて坐っていた。子供たちの動き方は、昔の中学生とあまり変わりがないようだと思ったが、そのことよりも、よれよれの青い作業服の男が校庭をしげしげと覗き込んでいることが気になり、見るのを遠慮して、ジェラルミンの上で横になった。屋根には縁がついていて、それを枕代わりにできた。

太陽が顔の上に来ると、瞼の上に安定しきったやわらかい熱が拡がる。熱の甘みが拡がるようだ。汗が体全体に気持ちよくにじみ、作業服のデニムの生地が、胸の汗に触れたり離れたりする。ほとんど眠りかけているように、頭には何もなくなった。道を歩く人が、トラックの屋根の縁にのっている頭を見ているのかどうかも気にならなかった。

何か気配があって、矢野の眼鏡の顔がぬっと現れた。トラックの棚に足をかけて登ってきながら笑っている。彼は上半身を現したところで登るのをやめ、むこう向きに屋根の縁に腰を据えたが、和生の目の上に彼の上体は壁が立ちはだかるように大きかった。こちらを向いて年齢相応の人なつこい調子で話しかけてくるとき、歳より大人っぽい顔が、無遠慮に目の近くまで迫ってくる。

「眠れないでしょ、やっぱり。当分こういうことをやる気ですか、職探しなんかはしないで」

「そうね。探して歩きもしないからね。特に急ぐつもりもないから」

「でも、いろいろ考えてはいるんでしょ？　時間をかけて比較検討するわけですか？　自分を高く売らなくちゃね。アルバイトは安いけど、気晴らしですか？　ともかく運動にはなるから。でも、あんまり愉快じゃないでしょう」

矢野はそれから、足を車のむこうへ垂らしたまま、こちらへ頭を投げ出し寝そべってみたが、具合が悪いのかすぐに起き直った。起き直って少し離れても、彼のすり寄ってくるような熱心さの感じは変わらなかった。運転台を根岸一人がゆっくり体を伸ばせるように空けておくため、矢野がここにいるのはいいことにちがいなかった。

例によって矢野は、政治や経済の話をもちかけてきた。ジャーナリズムの論調そのままのようなところもあった。が、政、官、財の世界について、断片的な知識をつなぎ合わせて、彼なりの理解をもっているらしいのがわかった。そんな世界を早呑み込みしたがっていた。特にその世界の仕組みといったことに興味をそそられるらしかったが、和生は彼の興味に応えてやることができずにいた。真昼の陽光のもと、トラックの屋根の上でそんな話はしたくもなかった。

矢野は二人が雇われている清涼飲料会社内部の仕組みについても、何やかや教えてくれた。彼は和生より二週間前から働いているので、そのあいだに耳にしたことを勘よくつなぎ合わせて理解したものらしい。本社と現場は切り離されていて、ルート・マンたちは学歴も悪くないのに何年働いても昇っていける場所がないのだという。社長は西洋人で、西洋人の経営とはそういうものだ、と矢野はわけ知り顔に言った。もしそうなら、ふつうの事務職よりはいくらかいい程度の給料で、彼らがいつまで車を運転しつづける気でいるのかわからない。もうひとつわからないのは、真面目な根岸が毎日精一杯働いて、配送量も人より多いのに、他のルート・マンたちが揃って彼の働きを軽んじた口をきくことだ、と矢野は根岸の側に立つような言い方もした。根岸は新しい大型トラックを与えられ、高い運転台で優越感を楽しんでもよさそうなのに、と幾分親身に思うところもあるらしかった。

とつぜん、車にエンジンがかかった。その音が大きな車体を伝わってきた。矢野はあわてて、垂らしていた足で棚の足がかりを探ると地面へ飛びおりた。昼休みは一時間だが、根岸は一日の配送予定をこなせるかどうか心配らしく、いつも四十分くらいでさっさと切りあげ、出発してしまう。和生も飛びおりて、トラックの脇の大扉を二人でがらがらと閉めてから走った。根岸はサイド・ミラーで見ていて、ふつうに歩いたりしているとクラクションを鳴らす。そのうえ、「早くしろ、早く!」と、二人が乗り込むのを遮るような勢いで怒鳴るのが常である。

午後は北区のはずれまで行った。鉄道線路を何度も横断し、場末めいた街をぐるぐるまわったが、品物は大してはけなかった。小さい酒屋や駄菓子屋ばかりで、在庫はまだあると言って断わられることが多かった。根岸はこんなところを受持つのはつまらないとぶつぶつ言い、だんだん横着になって、自分は車から降りずに二人を店まで走らせた。断わられて帰ると、店の在庫を調べて強引に押しつけてくるのが仕事なんだと言った。それでも、その訓戒調にはさすがに勢いがなかった。

団地の店でいくらか売れた。区民会館では、三階の結婚式場の調理場まで二十五ケース運ぶのに階段を登ったりおりたりした。残飯や調理屑の桶が並んで臭《にお》い、足もとが真黒に濡れている急な裏階段だった。気を張っていないと、オレンジ・ジュースのケースごと体が崩れ落ちそうになる。披露宴の会場から挨拶の声が漏れてくるので、ケースを引きずって音を立てないように気をつけなければならない。

台東区へ戻り、大きな酒問屋へ四十ケースほどおろした。店の前の通りは車が頻々と行き交い、店とは反対の側に停めたトラックから、車の跡切れる隙を狙って手押し車で運んだ。手押し車は、鉄の棒をカギ型に組んで鋤のようにした底の片側に、小さい車輪を二つつけただけの簡単な道具で、それに五ケース積んで片側をあげて押す仕事は、何度やってもうまくならなかった。道に凹凸があって箱が崩れかけたり、思う方向へ進めなかったり、車道から歩道へ登れなかったりした。すでに暮れ方で、通りには暑い黄色い光が満ち、根岸はもう一軒の酒問屋に六十ケース納めるために、一度会社へ戻って品物を補給してこなければならないのであせっていた。

和生は荷おろしを急いで、トラックの棚から片手に一ケースずつ、両手で引張り出し、それを同時に地面におろそうとした。その途端、二つの箱が別々の方向にぐらっとかしいだ。腕が緊張の度を越し、力が一気に抜けていくのがわかった。瓶がケースからポンポン飛び出て雪崩れかけた。不思議にやわらかい感じで瓶と瓶とがぶつかり合い、瓶の割れる音も聞こえずにその動きだけが見えた。オレンジ・ジュースの液がアスファルトの上に流れ出ていた。和生はとっさに割れた瓶の本数を目で数えた。四本だと思った。瓶が雪崩れかけたとき、ケースでそれをかばうようにして地面へ落とし、瓶はゆらゆらと触れ合って軽く落ちただけなのに、あっけなく四本も割れるとは、と驚いた。それから、おもむろに狼狽がやってきた。

「馬鹿野郎！　おまえ何やってるんだ！」

根岸の暗緑色の姿が道のむこう側に影のように現れ、車の往来越しに力一杯の大声で怒鳴っていた。彼は車のあいだを駆け抜けて和生の頭上へやってきた。

「何本だ？　え？」

「四本」

「王冠を拾え、王冠を！」

割れた瓶に王冠がついていれば、破損品として会社で新しいものと交換できることになっている。和生はアスファルトの上の甘いオレンジ・ジュースに鼻をつけるようにして這い、王冠を集めてみると六個もあった。それから、トラックのタイヤの下までころがっていたものを一つ見つけ、巨大なタイヤに踏みつぶされそうなところへ手を伸ばして拾った。新しいタイヤのゴムが手の甲に当たって固かった。

「馬鹿野郎！　七本じゃないか。え？　何が四本だ。何で四本だなんて言うんだ」

仁王立ちになって大声をあげている根岸の編上靴の足が、目のすぐ横に根が生えたように動かなかった。まさか蹴りはしないだろうと思った。

集めた王冠をひとまず地面に置き、再びトラックの下にもぐり込んで破片を手でかき寄せた。綿の白い手袋が、ジュースの液と泥にまみれて掌に貼りついた。近くの電柱のわきに野菜くずとごみが出してあり、そこに空の段ボール箱が混っているのが目に飛び込んできた。集めた破片を運ぶすべがなかった。助かったと思い、それに飛びついた。小さい段ボール箱を引張って来、瓶の破片を両手ですくってはそれに落とした。道端に段ボール箱が捨ててあるということが、その瞬間のまぎれもない歓びになった。人がそれを道に捨てるというやり方で生きていて、それがこちらの歓びにつながったのは思いがけないことだと思った。

酒問屋の前には、夕日に光るビール会社の厚紙の宣伝板が立っていた。ビールのあふれかけているジョッキを手にした女の顔の大写真が、つやつやした肉の色を光らせてこちらを見おろしていた。女の笑顔は実物の二倍くらいの大きさで、厚紙は顔の輪郭に沿ってくり抜かれていた。和生がようやく立ちあがると、女の顔と同じ高さでじかに向き合うかたちになった。

背後からは根岸の大声が迫ってきた。

「え？　どうやっておろしたんだ。いったいどうやればそんなことになるんだ」

根岸は当分追究をゆるめる気配を見せなかった。和生は仕方なく、トラックの棚から片手に一箱ずつ、同時におろすところを身ぶりでやってみせた。オレンジ・ジュースでぐっしょり濡れた手袋の甘ったるい匂いが耐えがたかった。

「馬鹿野郎！　俺だって一ぺんに二箱なんかおろせやしない」

それから、矢野と二人でその店の空瓶を三十六ケースぶん集め、車の往来を縫って手押し車でトラックへ運んだ。それを全部屋根の上へあげるので、和生が上へ登って待ち受けた。矢野は背伸びをしながら、一箱一箱放りあげてよこした。オレンジ・ジュースの大量注文は主にパーティー用なので、客の飲み残しが瓶に残っていて、矢野が放りあげるたびにジュースが一斉にはねあがった。手ばかりでなく顔までべとべとしてくるのがわかる。和生はジェラルミンの上をがらがらと引きずって、屋根いっぱいにケースを並べていった。

じつは放りあげる役のほうが大変なので、矢野は和生の失敗に同情して先に屋根へ登らせてくれたのだが、二十箱もつづけて投げあげると彼の顔は歪んで、パーティーの飲み残しに濡れた顔を夕日に光らせ、さすがに苦しそうだった。

第五章　漂流

毎日トラックに乗っていると、和生はことば数が日ごとに減っていくのを感じていた。他人と一緒にいながら、ごく短いことばのほか、ほとんど何もしゃべらずに過ごす一日もあった。それはそれでいいと思った。めったにない経験にはちがいなかった。が、仕事が終わってひとりになると、さすがに何か話したくなり、ある晩「談話室」へ行ってみた。

昼間の労働の熱が、夜遅くなっても体から消えていなかった。「談話室」へ階段を登りながら、血がめぐりつづけているのを感じた。ここへ来るのも久しぶりだった。木田はるみを連れてきた晩以来だ。

和生の顔が日に焼けているので、その理由を話さなければならなかった。カメラマンの柴田が来ていた。和生は柴田相手に、トラックに乗る仕事の話をした。ことばがだんだん増えていき、話が多少面白くなりすぎた。柴田は急に興味を示し始めた。「なるほど、そんなことを館野さんがやるなら、ひとつ僕もやってみるか」と言いだした。「それに、例の病気でだいぶ金を使ったもんでね、少し稼がないと」

柴田はこの前のつづきの話を熱心に始めた。

「大酒飲んで試してみたけど、菌は出なくてね、ひと安心でした。でも、今度はうんと体を使って、もう一度試してみたいんで。ひと月くらい体をこき使って調べてみたい。あの病院へ行くとね、みんな凝り性になるみたいなんだ。完璧に治すということに凝ってしまう。例の病気が完治することがなかなか信じられないってわけです。酒で試すのには多少金がかかるけど、労働して金が入ってくるのなら、それは有難いからね」

和生は清涼飲料の会社に柴田を紹介することにした。柴田が面接に行けば採用されるはずだった。この街から下町は遠いが、和生と同じように、柴田もむこうへ誘い出されて、暮らしが一時切替わるのを期待しているらしくも見えた。

和生はしきりにことばが飛び交う「談話室」で、隅田川の上のおびただしい光を思った。トラックが昼にいったん営業所へ戻るときは、昼食後たいていガレージ裏の堤防に出て過ごした。隣りの運送会社からも作業服の男たちが出てきて、堤防のコンクリートに寝そべったり、階段をおりた水面すれすれの場所にたむろしたりしていた。ぎらぎら光る青い水の上を、「火気厳禁」の札をつけたガソリン運搬船が次々に通った。和生は堤防の上であおむけになりながら、自分のことばが減って、次々に光のなかへ消えていくのを見るような思いでいた。

昼飯は、倉庫会社のあいだの道を入ったところの小さな定食屋で食べた。カウンター席だけの店だが、いつも満員で、食べている客ひとりひとりの背後に、順番を待つ人が立っていた。会社の作業服姿の男ばかりだった。和生はルート・マンに教わったとおり、鯨肉のステーキを食べることにしていた。それがいちばん安くてうまかった。

揃ってはちきれんばかりに太った若い夫婦の店だった。二十二、三のおかみさんは店内唯一人の女性として、客の相手に忙殺されていた。皿やどんぶりや碗を素早く客に配りつづけながら、汗を浮かべた赤い顔が疲れにふくらんで、焦点の定まらぬ目で呆然と窓の外を見たりしたが、客あしらいは努めてていねいだった。この働き者の夫婦は、客に出すのと同じものを毎日食べてこんなに太るのだろうかと、和生は彼らの生活をなかば嘆賞する思いになりながら、二百円足らずの金をおかみさんに手渡す。そして、うしろに立っている男に席を空けてやる。根岸と一緒に食べた店よりずっとうまかったと思いながら。

「談話室」の世話人永井には、特に労働の話はしなかった。ここを始めてから旅ができなくなったと永井が言うので、すぐに旅の話になった。

「そういえば、僕は会社をやめてから旅をしていない」と、和生は千鶴子と伊豆へ行ったことを同時に思い出しながら言った。「前より時間が自由になると、いますぐどうしても旅に出たいとは思わなくなるね。前はそうじゃなかった。どうしても、と思って飛び出していったものだけど」

「僕はそろそろ飛び出していきたくなってます」と、永井は本音を漏らした。「昼間の時間は自由になっても、毎晩縛られてると旅はできませんからね。夜はどこか田舎の宿屋で寝たいものです。たまにそんなことを思います」

「僕はね、これまでとはちょっと違う旅を考えてみたいんだ。最近、小笠原諸島がアメリカから返還されたよね。あそこも東京都になったというけれど、船で二十四時間もかかるんだそうだ。そんな船旅はどうだろうか」

「そういえば、船旅ってしたことないですね。小笠原は行って帰るのに一週間はかかりそうだけど」

「東京の街の南の果てに、一週間もかかる旅先があると思えば面白いかもしれないよ。たしかにこの街の果ての果てだよ」


和生の乗るトラックと配送地域は毎日のように変わった。走りまわる東京の東半分の街々は、日々寸断され、切れ切れになって立ち現れた。それらが刻々に動きつづけて、和生の浮遊感を強めていった。妙な漂流の経験だと思った。

酒屋の店裏に小さな庭があると、よくちまちました花壇が作ってあった。湿っぽい黒い地面に、桜草や芝桜や松葉菊や石竹が咲いていた。ルート・マンと和生は、空瓶のケースが積んである場所を目指して、花を踏まないように歩いていく。下町定住者の暮らしのなかの、うっかりすると踏みはずしかねない狭い土の道である。その道の先で、空瓶の詰まったケースを積み重ねていると、暗い茶の間に坐っている老人が、じっとこちらを見ていることがあった。

そんな裏庭は下町のどこにでもあるので、やがてそれがどこの町だったかもわからなくなる。寸断された街と一緒に、小さな裏庭もあやふやな感じで動きだす。茶の間の老人も動いてしまう。どの町の酒屋にその老人が坐っていてもよくなってしまう。和生は東京の東半分のことをほとんど知らず、トラックの道も毎日変わるので、街の寸断は日々くり返され、容易に止まることがない。和生も街も漂流しつづけるようだ。

当面、遠方への旅を考えていない和生は、切れ切れになった街々のあいだへ誘い込まれる思いになることがある。街の果ての果てへ行くというのが、下町の分断と混沌のなかへ深入りすることのように思えてくる。トラックの上で生まれる浮遊感が、そういうものになっていきそうにも思える。

矢野は相変わらず根岸の車に乗っていた。話をするのは、朝ロッカーの前で着替えをするときに限られていた。矢野は着替えたばかりの大きな体をゆっくり傾けながら近づいてくる。彼の色白な顔がこちらにかぶさるような近さになる。

矢野はなぜか根岸のトラックに釘づけにされたまま、営業所内のあらゆることに興味をもちつづけていた。ルート・マンの人間関係をはじめ、清涼飲料商売の内実や営業所長の人柄にいたるまで、何でも話題にしてしゃべった。和生が知らないことを次々に教えてくれた。彼は十九歳のませた情報通だったが、彼のひそめたくぐもり声も、はや少年のものではなかった。彼の世知辛い内緒話はいかにも執拗だった。

だが、不思議なことに、矢野は根岸のことをあまり言わなくなっていた。いつの間にか愚痴をこぼさなくなり、達観したような顔をすることがあった。もしかすると矢野は、真新しいトラックを乗りまわす暴君の意にいちいち従いながら、知らず知らず根岸という男に取り込まれつつあるのかもしれなかった。矢野の小ざかしい先まわり癖が、次第に彼自身を縛ることになっているのではないか、という気がした。

「もう根岸さんの癖はみんなわかっちゃいましたよ。怒鳴られるのは相変わらずだけど、馴れてしまえばどうってことないですから」

と矢野は言ったが、ことばほど明るい顔をしているわけではなかった。

カメラマンの柴田が、同じ営業所で働き始めた。何日かしてからガレージのトラックのあいだで行き会うと、「たくさんケースを積み込むのはきついねえ」と、開口一番弱音をはいた。すでに汗に濡れた顔が小さくなって、目だけが光って見えた。

「朝っぱらから労働っていうのも、カメラマンの修業みたいではあるね。師匠について駆けずりまわるようで。喉がかわいてたまらない。どこか水が飲める場所はないですか」

と柴田は、「談話室」で話すときの調子になりかけながら言った。

ちょうどそのとき、根岸がトラックのあいだから出てきて、そばを通りかかった。例によって、人を見ているのかいないのかわからない細い目の顔が、むっつりと無表情なままだった。

「なるほど、かなり獰猛な顔をした男だな」

と、柴田は根岸のうしろ姿を目で追い、ずんぐりした体の全体を眺めながらつぶやいた。


たまに千葉のほうまで行くと、ちょっとした遠出になって気分がよかった。中年のルート・マンと一緒に、下請けの運送会社が運転手つきでまわしてよこす車に乗った。運転手は乗るたびに変わった。

その日は色の黒い丸顔の陽気な若い男だった。彼は京葉道路を飛ばすあいだじゅうしゃべりつづけた。根岸の車と違ってラジオがないので、ルート・マンと二人で何でも笑い飛ばす勢いのやりとりを絶やさなかった。

俺のおやじは若い頃、刑務所の看守をやっていて、という話を始めた。結婚してからおふくろがいやがるもんで、看守をやめてしまったのよ。いまでは当時の看守仲間がみんな偉くなっているんで、おやじはおふくろを怨んでいるよ。やめたあとは、看守時代に妙に気が合って親切にしてやったヤクザの親分の家に、夫婦で一年も世話になったんだってよ。妙に気が合っちまう奴ってのはいるもんだ。おふくろはヤクザの家で俺を孕んだんだ。生まれそうになったもんで、おやじもやっと働く気になったらしいんだよ。そんなわけだから、まったくのところ、いい息子が生まれるわけないねえ。

ああ、眠い、眠い。俺はすぐに眠くなって困るんだよ。最近麻雀つづきだしね。この一週間、オカアチャンと話してないんだ。一週間よ。何もしゃべってない。ほんと言うと、居眠り運転は年中やってるさ。こう眠たがる質《たち》じゃ、長距離にゃ向かないのさ。たぶん全然だめだね。まあ、こんなことしかやれねえんだなあ。

ずいぶん歳のひらいた相手に向かって、彼ははじめから同年の仲間としゃべるような調子だった。ことばが淀みなく流れ出、千葉までのあいだに、彼は初対面のルート・マンに自分の身の上を大かた語りおえていた。彼の遠慮のない調子は、はじめから終わりまで少しも変わらなかった。

昼は千葉港の近くに車を停めて休んだ。公園が見えたので、和生は一人でそこへ行き、芝生に寝ころんだ。洗い晒して色がまだらになったよれよれの作業服で寝ていると、様子が何となく汚なげなのか、人がそばへ来なかった。背の下の芝生の傾斜がちょうどよい具合で、太陽は高々と真上にあり、木々の新緑がざわざわと揺れていた。その揺れる気配と、首のあたりがじりじりと焼け、熱を吸った作業服が厚ぼったく肌に触れるのを感じているうちに眠ってしまった。目を覚ますと、汗が冷えてデニムが直接体に貼り着いていた。海からの風が一段と強くなっていたのだ。昼休みの時間が過ぎて人がいなくなった公園を、和生はくしゃみをしながらトラックのほうへ歩いた。

世界が青く、不思議に静かだった。しんとした青い世界に目覚めるという経験が、昔たしかにあったような気がした。眠りを抜け出た鮮明な眺めのなかに、人に見られることもない、どこにいるのでもない自分がいて、目だけが生きていると感じられた。

工事現場があり、和生はそこを通り抜けながら、プレハブの飯場の日蔭になった壁を見ていた。その壁の小さなガラス窓が、なぜか小刻みに音をたてていた。やがて音が急に高まったと思うと、壁と窓がはっきり揺れ始めた。通りから飯場へ引き込んである電線も揺れていた。地震だ、と夢のなかでつぶやくように思った。それから、地震ということばがはっきりしてきた。世界はありふれた騒がしさのなかに姿を変え、うごめき、和生は何度もくしゃみをした。

トラックの若い運転手は、どこへ行ったのかわからなかった。たぶん居眠りをしないためにしゃべりつづけた彼は、千葉まで来て、昼休みにどこで眠っているのだろう、と思った。

中年のルート・マンは、トラックの下へもぐり込み、地面に長々と横になっていた。編上げ靴をタイヤのそばから突き出した格好で、地震にも気づかずに眠っているようだった。

六月に入っても天気がよかった。和生は陽光にさらされつづけ、街の緑が一日一日と濃くなるのを見つづけた。路上で汗をかきながら、欅や銀杏の葉が豊かに揺れて光を振りまき、柿の若葉が頭上に光を集めているのを感じつづけたが、そのうち少しずつ雨が忍び寄ってくる季節になっていた。

日が長くなるのに、配送の量が多くて、日が暮れてしまう日がよくあった。その日も日暮れどきに、トラックは木場の掘割りのあたりを走りまわった。水のなかの同じ場所の同じ材木を、何度も見ることになった。酒屋を何軒まわっても、仕事は終わりにならなかった。

ある店の裏の暗がりで、女がしゃがみ込んで、倉庫のシャッターをがらがらとあげた。「中腰になって力を入れちゃ、絶対にだめだねえ」と女は言ったが、こちらに背を向けたままの威勢のいい大声で、そちら側にもう一人の酒屋仲間がいるような調子だった。「そうそう、ヘルニヤだよ。あたしは半年も入院しちゃったよ。酒屋はやだね。まだ危なくて、恐る恐る働いてるところだよ」。声ばかりが大きくて、暗がりに女の顔は一向にはっきりしなかった。

ルート・マンが少し遠くまで集金に行っているあいだ、和生はトラックの運転台で待っていた。フロント・ガラスにぽつぽつ雨滴が落ちてきた。静かな裏街が濡れてきた。車内灯のない運転台の暗さに身をひそめるようにして、和生はガラスの上の雨滴が少しずつ増えていくのを見ていた。どこにもいない、人には見えない自分が、ただ雨滴と向かい合い、一粒一粒の大きさに目をこらしているところのようだった。場末の街の夕食前の騒がしさがさっと退《ひ》いて、人々があたふたと家へ入り込んでしまったあとの暗闇に、雨がひっそりと落ちていた。その気配がいかにも親しく思えた。仕事はまだ終わりそうにないが、このまま雨に濡れて路上で働きつづけてもいいと思った。が、それからなお二軒ほどまわるうちに、雨はすっかり止んでしまった。

二軒目の酒屋の前には駐車のスペースがなかった。やむなく遠くに停めたトラックから、瓶のケースを手押し車に積んで、夜に漂うように押して車道を渡った。通り雨のあとの土の匂いが、裏通りの闇を吹き抜けていった。はやがらんとしている酒屋では、夕食の途中に酒を買いにやらされたらしい小さい娘が一人、大急ぎで二級酒の一升瓶を受け取ると、両腕に抱いて駆けていった。おそらく父親が待っているはずの小さな家が、彼女の幼い走り方から見えるようだった。

一週間後にも、断続的に雨の降る日があった。和生は江戸川のほうへ行くトラックに乗っていた。じっとり湿った強風の日で、風がどっと寄せては急に静まることをくり返した。荒川の長い橋を渡るとき、橋の高みから、放水路のむこうの広大な市街が、もうもうたる土埃に黄色くふくれあがって見えた。垂れ込めた空が、一面の黄褐色と溶け合っていた。

トラックは嵐のただ中へ突き進んでいくようだった。その運転の勢いに反し、やさしげなもの言いのルート・マンは、子供時分には放水路で泳いだものだという話をした。彼は始終物静かで穏やかだったが、とつぜん説得調になって、「体を使って働くのがいいんだ。人間、それがいいんだ」と言いだした。「おやじが抑留されていたシベリアだって、事務の仕事なんかさせられていた人はどんどん死んでいったそうだよ」。彼はまだ多分に田舎びた荒川のむこうの土地を自慢し、そこを受け持っていることをも喜んでいるように見えた。

驟雨と強風が、山の自然の匂いのようなものを家々のあいだへ運んできた。街が平たい広い土地だった。自然の力がじかに感じられた。髪は風でくしゃくしゃにもつれ、埃っぽい作業服は見る見る雨滴を吸い込んだ。

両手の人差し指と中指をそれぞれ空瓶の口に突込み、四本の瓶を持ちあげながら空箱へ詰め直していると、手袋がジュースでべとべとに濡れてくる。そしてその上に泥がついて真黒になる。手袋はとっくに人差し指の先が破れて、覗いている指にも黒さが染みついている。

和生がかがみ込んで空瓶を詰め直しているところへ、酒問屋の事務所から出てきた女の子が、同じ職場の男と行き合って話しだした。その男が離れていくとき、彼女はあわてて呼び止め、「ね、田舎へ帰ったら、横浜のこと内緒にしといてね」と、和生の頭のすぐ上でまったく声をひそめずに言い、同郷人同士は別れていった。たぶん彼女は、和生がそこにいるともいないとも特に思わなかったのだろう。

和生は駐車場の水道のホースを持ち上げ、べとべとの黒い手を洗った。風雨は激しくなりかけていた。そのなかで、アスファルトのわきの土に水道水の小さな水たまりが出来た。自然はこの土地一帯を広々と席捲する勢いだった。毎日車で動きまわるあいだに現れる寸断された街々も、この吹き荒れる自然に翻弄され、飛び散り、いっぺんに消えてしまいそうだった。

同じ仕事を始めた柴田と次に会ったとき、柴田はさっそく根岸の話を始め、しばらく止まらなくなった。彼はまだ一度だけだが、矢野と一緒に根岸の車に乗る経験をしていた。「一日つき合えば十分。あの男のことはみんなわかった、わかりました」と柴田は、そんな話ができる唯一の相手をつかまえてうれしそうだった。「戦争のとき軍隊にとられれば、あの手の男とたくさん出くわして、さぞ大変だっただろう。われわれ初年兵の上に、根岸みたいなやつがうじゃうじゃいるのが軍隊だろうからな。あれから四半世紀、いま根岸は新品のでかいトラックに乗って、たぶんだれよりも成績をあげている。戦争だってあのタイプが頑張ったんじゃないの？　ともかくやたら真面目だからね。あの狭苦しい真面目さをみんなが共有して、あれだけ頑張れたんだろう。アメリカやイギリスと四年近くも戦争ができたんだ。この会社もアメリカの会社だよね。根岸はいまここにいて、アメリカさんに使われている。そして、彼の働きは評価されている。しかし、あの真面目さはほとんど陰険といってもいいものだね。何とかならないものだろうか。あれは下士官型というものかもしれない。彼は一生下士官でいつづける気なんだろう。さいわい、僕はあのタイプをあまり知らずに生きてきた。でも、多いんだろうね、あれは。根岸と一日一緒にいると、たしかにこれは多いはずだと思うようになる」

昼休み、営業所裏の堤防で、柴田は「談話室」で会うときよりはるかに多弁だった。彼も労働をしながらことばをなくしていたのにちがいない。いま彼は舟が次々に川面の光をうねらせて通るのを見ながら、ことばがあふれ出るのにまかせているのだ。

「あの矢野という予備校生ね、あれがまたもうひとつのタイプになっていきそうだね。もうひとりの真面目人間だ。あらゆる決まりごとに素直に適応して、一所懸命に努力する。それが根岸が決めた決まりごとであってもね。あれはあれで、また真面目すぎて見ていられない。しかも、彼はその真面目さで知識とか情報とかもめったやたらに吸収するようだ。僕は子供のころから、知識については偏食気味だったけどね。彼はたぶんそういうことはないんだ。根岸のトラックから解放されて予備校へ帰れば、今度は吸収すべき知識の世界に没入するだろう。そのあげく、時がたてば、下士官たちの上のクラスにおさまることになるんじゃないか。それがいまから目に見えるようだよ。そこでだ、戦争のときどっちの真面目人間が役に立ったかといえば、根岸ら大ぜいの下士官たちだったんではないか。おそらくそれが日本なんだ。残念ながら、どうもそう思わざるを得ない」

和生がはじめから決めていた一カ月半の労働の日々は、終わりに近づこうとしていた。雨の日が増え、作業服がじっとりと濡れて汚れていった。夏に向かい、清涼飲料の配送量は増えつづけた。

大きな映画館や劇場へ大量に運び込むことがあった。暮れ方、ストリップ劇場のヌード看板の前に瓶のケースをおろし、一箱一箱両手にさげて運び込んだ。まだ客のいないがらんどうの劇場の、人の気配のない急な階段を登りおりした。映画館では、客がそろそろ増えかけていて、カップル客のあいだを縫って軒の高い三階まで、四十ケースほど運びあげた。おとなしいルート・マンと二人で、一度に二ケースずつ十往復した。

ごく若いルート・マンは、疲れて薄黒く見える顔で、売店の女の子が明日もう一度同じ量を入れてくれと言うのを聞きながら、彼女が客に瓶を売るのを手伝ってやっていた。和生は客のカップルの流れから抜け出て、ルート・マンの親切が終わるのを待った。退勤時のラッシュ・アワーが、そのまま映画館のなかへも流れ込んだというふうに、館内は見る見る人で埋まった。せっかくのデートが立見になってしまう客がたくさんいた。

長いこと路上で働くうちに、和生は自分の尻が少しずつ地面に近くなるように感じはじめていた。忙しい日にへとへとになると、雨さえなければ地面にべったり腰をおろして休んだ。それがいちばん心地よかった。作業服が日に日に汚れて土に馴染んでいった。

躑躅《つつじ》の花盛りの生垣のあいだに尻を据えて、通行人の足ばかり見ていることもあった。人間の足には思いのほか表情があるものだと思った。和生の目のわきに鮮やかな花の色があり、目の先に人々の足の動きがあった。その動きのむこうには、古びた板塀に町の名と番地を示す札があるのが見えた。歩いて過ぎる人だけでなく、当然住んでいる人がいるのだった。和生はそのとき、地面に尻をつけていながら、定住ということに対して、何かふと遠々しいものを感じた。定住者らしさというものが、自分のどこにあるだろうか、と思い始めていた。

和生の乗るトラックと柴田のトラックが、ルートの途中で落合うことがあった。和生のほうのルート・マンが、柴田の車からオレンジ・ジュースを何ケースか融通してもらうよう話をつけていた。柴田の車は積み込んだ量が多すぎ、かなり残っていたが、和生のほうは売れすぎて足りなくなっていたからだ。道路の端にトラックを二台並べて停め、柴田の車から十ケースおろして積み替えた。

柴田は道ばたで、晴れ晴れとした顔をつくって和生を見た。

「ほんと、こんなことやるのも悪くないねえ。体がよく動くようになって、気分がいいですよ。しかも、これだけ体を使っても、問題のわがムスコは何ともないんだ。ムズムズする気配なんか全然ない。ビクともしない安定感を毎日確かめている。それはうれしいですよ。何ともいえない幸福感があるなあ。完治なんだ。この感じ館野さんにはわからないだろうけど」

そういう柴田は、実際に前よりたしかに敏捷そうに見えた。どこへでも動きだせそうな勢いが、細身の体に生まれていた。たぶんこれがカメラマンとしての本来の姿か、と思わせるものがあった。

矢野はというと、彼はもう少し長く働くと言っていたのに、和生がやめるより一週間早く、とつぜんやめていなくなった。忙しい日がつづいて、しばらく矢野に会わずにいたあいだのことだった。理由はわからないが、ともかく彼は難関校受験のために、二年目の予備校へまっすぐ帰っていったはずだった。

色白で額の広いませたインテリ顔が、トラックに似合っているとはいえなかったが、予備校なら似た仲間もいて、彼は無理なくそこにはまって見えるはずだと思った。

和生は最後にもう一度、根岸の車に乗る羽目になった。たまたま配送量が少ない日で、矢野がいなくなったあと、その日の助手は和生ひとりだった。

久しぶりの根岸は、やはり他のルート・マンとは違っていた。車をちょっとバックさせるときも、助手をいちいちトラックのうしろへまわらせて「オーライ、オーライ」と叫ばせた。和生は矢野の代わりに、トラックのまわりを走ったが、根岸はその都度、声が小さいと文句を言った。駐車のときは和生がす早く飛びおりて、酒屋の前の道ばたの自転車やバイクをわきへ運び、場所をつくった。子供用の赤いプラスチックの車があると、それを持ってみてあまりに軽いのに驚き、子供の暮らしというものに思わず不意打ちをくらったような気がした。

大通りをいっぱいにしている車のあいだを、むこう側の倉庫まで、手押し車で瓶のケースを運ぶこともあった。隙をみて小走りに車間へ割り込む。広い道のまん中で積んだケースを崩すと一大事だが、和生は何とか無事に運べるようになっていた。ある駅に近い酒屋は、道が狭くてトラックが入れないので、そこの下町ふうの雑踏のなかを百メートルほど、五ケース積んだ手押し車を押していった。買い物の主婦たちを分けてそろそろと進んだ。踏切を渡るとき、傾斜を押しあげてやっと線路に登り、ケースががたがたと揺れて崩れかかるのを、大あわてで押さえなければならなかった。

二度目の根岸は、常に喧嘩腰というのではなくなっていた。前のときは矢野と和生の二人が乗って、気にさわることがいわば二乗化されていたのかもしれない。根岸のような男にとっては、自分の領域の秩序を無視され乱されることほど腹の立つことはないのだろう。だから、外からそこへ入り込む者のことはいちいち気にさわる。そして、「教育」のためにも怒鳴りつづけなければならないと思う。外の人間を内にとり込んでしまうまではそれをやめるわけにはいかない。

根岸は、和生が二日後には仕事をやめていなくなることを知っていた。だから、外へ出ていく人間に対して、もう本気で怒鳴るつもりもないようだった。ある酒屋で和生が、オレンジ・ジュースを奥へ運び込もうとすると、根岸は反対側を指して、「こっちだ、こっち」と習慣的に怒声を発しかけた。それから、急に語調を変えて、「お前はこの店へ来たことはなかったのか」と言い直した。彼が思い直してものを言うなどははじめてのことだった。

オレンジ・ジュースの瓶と缶のカラー写真のステッカーを、根岸と二人で店先に貼ってまわった。貼られるのをいやがる店では、無断でこっそり貼りつけたりした。そんな共同作業も珍しかった。店のガラスの汚れ具合がいちいち違うのがわかり、目を近づけてそれを見ながらステッカーを貼っていった。

大きい酒問屋の倉庫へ三十ケース運び込んだ。そのあと和生は、店のそばのガード・レールの支柱の頭に腰を乗せてひと休みした。そこに支柱の丸い頭を見つけると、それがうれしかった。そういうことが瞬時の喜びになった。疲れはてたり途方に暮れたりするとき、何かちょっとした助けになるものが路上に現れ出ることがよくあった。街はそういうものに満ちていると思うこともできた。このひと月半のあいだに、和生の体が街に馴染んで、それらを次々に探り出すようになっていたのかもしれない。

音楽好きの根岸は、トラックの運転台でラジオを聞きつづけた。新車のトラックのラジオは性能がよくて、音がうるさかった。運転台は歌謡曲の缶詰みたいになった。和生はきょう一日の辛抱だと思いながら外を見ていた。裏通りの塀に何か注意書きがあるのが目に入った。「ここは神様が祀ってあるので小便はしないでください」とあった。上から覗くと、塀の内側に祠《ほこら》のようなものがあるのがわかる。が、それは道を通る人には見えないはずだった。

赤信号で止まったとき、すぐわきの大衆食堂のショウウィンドウのなかに、内側から男の手が伸びるのが見えた。手はプラスチックの料理見本をひとつひとつ取っては、埃をていねいに雑巾で拭いていた。顔の見えない男はそれを拭くと自分の背後へ片づけていき、埃だらけのガラスの棚が一段空っぽになった。和生は手が引っ込むのを見ながら、もしかするとあれも真面目な下士官型の男の手かもしれないと思った。トラックの運転台の外にもそんな手がたくさんあって、律義に働きつづけているのかもしれなかった。

ある酒屋の地下へおりる穴の口から、斜めに立てかけた板の上を滑らせて八ケースおろし、根岸が地下室で一箱一箱受け止めて積みあげると、その日の仕事は終わりになった。和生の仕事はあと二日残っているが、何となく最後の日のような気になっていた。

営業所のガレージで盛大に水をかけてトラックを洗った。そのあと半裸になって顔や首も洗った。一日風でもつれた髪を何とか整え直した。半分最後の日のようなつもりでタイム・レコーダーを押して出た。すべすべして突っ張っている頬に、まだわずかに残った西日を受けて歩いた。満潮時の大川はたっぷりと流れ、堤防の階段のいちばん下の段が水につかりかけていた。

背の高いガソリン運搬船が下ってきて、橋の手前で急に速度を落とした。橋から下を覗いてみると、舳先に立った男が頭上の橋桁に両手を突き、力いっぱい押し始めた。危険なことをするものだと思ったが、何とか舟は止まった。満潮で背の高い舟が橋につかえて通れないので、そこから引返すつもりのようだった。橋を渡りきるときふり返ると、舟は川の満々たる水面に大きい半円を描いて方向を変え、引返していくところだった。

地下鉄駅の近くの暗い古ぼけた酒屋へ入った。配送に来たことのない店だった。店先の通りを眺めながらビールを立ち飲みした。真黒に日焼けした男が三人、スルメを噛んで焼酎を飲みながら、昼間近くの路地でボヤがあったという話をしていた。和生の漂流の一日とはまた違う一日の話がくわしくなった。

隣りはいろんな小動物を売る店のようで、小型の檻がたくさん積まれて歩道へはみ出しているのが見えた。やせた並木があり、木の幹に小猿が一匹つながれ、添木の上に坐ってこちらを見ていた。小猿の動かぬ目は、小さなガラス球をはめ込んだようだった。薄暮の気配がおとなしい小猿の体を包みかけていた。

仕事がまだ二日残っていることを考えた。あと二日分の漂流が、あらためて心楽しいように思えてきた。そこで区切りがつくことも悪くなかった。そのあと、これから帰っていく街に夏が来るのだ。そこにこんな古くさい酒屋はなく、店先に小猿なんかがつながれているということもない。和生はそのことを思いながら、少しずつほろ酔い気分になっていった。

二日後、清涼飲料会社の仕事は終わり、和生は大川端をあとにした。東京の東半分の旅から帰るところだと思った。日ごろ川を意識することのない暮らしに戻るのだった。

山の手の地下鉄駅を出ると、夜の闇が深くなっていた。繁華な通りから坂道へ折れて、アパートのほうへ下った。下るにつれ、闇の底がいかにも静かだと思えた。ふだん気づかずにいた静けさだった。とつぜん、暗い公園から若い娘が一人出てきた。彼女は和生の前へ出て、ゆっくりふり返りながら顔を見た。

食い込んでくるような目だった。娘は和生と並んでしっかりした足どりで歩き始めた。二人で歩いていることに何の疑いもないという様子になった。すぐ横に見えている娘の頬に若い張りが感じられた。外燈の光を受けて小さなにきびが見えた。

彼女は毎晩このへんで仕事をしているのだと言った。悪びれた様子は少しもなかった。声もしっかりしていた。彼女は杉山みゆきという名前だった。

第六章　街の娘

繁華街や広い道路のある高台から下った窪地を、杉山みゆきは夜ごと辛抱強く歩いていた。彼女は闇の底をひとりで歩く仕事を悪くないと思っていた。いくらか明るい古い商店街のほうへさまよい出ることもあった。和生はその商店街の「談話室」へ、ある晩みゆきを連れていった。カメラマンの柴田に会わせるつもりだった。

柴田は和生の半月後に、清涼飲料会社のアルバイトをやめていた。和生は自分の労働が終わった日に、闇のなかからふと現れたみゆきを、今度は柴田の前へ連れ出し、会わせてみたかった。カメラマンなら彼女をどう扱うか知りたかった。ちょっと不思議なみゆきという娘を、柴田に引き渡すようにして、あとから彼の話を聞きたかった。和生の仕事が終わった日にみゆきがひょいと現れたように、一カ月の労働のあとの柴田の前にも彼女が姿を現すのがいいだろうと思った。

みゆきを連れていくと、柴田よりもまず永井が喜んだ。柴田はさっそくトラックの仕事の話を始めた。ずいぶん日に焼けていて、活発な調子で和生の経験とは多少違う話をした。その違いをひとつひとつ耳にとめながら、和生はいつの間にか古くなったような自分の経験をふり返ってみた。ちょっとした気紛れめいた小さな経験だったともいえ、それがいま、柴田の経験にそっくり置き直されるところのようだと思ったりした。

杉山みゆきは、知らない男たちの前で、何にこだわるでもない平気な顔をしていた。一見少年のようなそっけない顔だった。和生は彼女の隠れた女くささを知ったと思っていた。しかも、外見がそっけないからこそ、「談話室」へ連れてくる気にもなったのだった。

みゆきは思春期の無愛想を平然と人目にさらすようでもあり、またもう少し年上の色気のない無頓着さを示すようでもあった。みごとなくらいに無表情で、時にこちらに食い込んでくる強い目も影をひそめていた。いずれにせよ、みゆきは和生が知った彼女の姿を見せてはいなかった。

思ったとおり男たちは、少年のようにあっさりした現代娘が迷い込んできた、というふうに見ていた。特に永井は、何も知らない少年に酒の飲み方を教えるような世話の焼き方をした。彼の「談話室」へ、若いみゆきが単純に酒を飲みにきていることを疑っていなかった。世間知らずの女ひとりの酒を、親切に助けようとしていた。

「無理に人に合わせなくてもいいからね。自分のペースで飲んでね」

と、様子を見て声をかけにきたりした。

水道局の村田は、ちょっと手をあげて和生に相図しながら、さっそくみゆきに話しかけた。

「立派、立派。しっかり飲んでるじゃないですか。気持ちがいいね」

村田はふだんの無表情を崩して、急に目尻の皺が目立つ顔になっていた。

「館野さんの酒なんか、いくら飲んでもいいんだから。それにしても、このへんは若い子めったに遊びに来ないけどねえ。よく来るんですか」

「まあ、あたしもこのへんあんまり来ないけど」

みゆきは平気な顔でそう答えていた。つくったようにぶっきらぼうだった。

「そんなら、たまにでも来てよね。ここならゆっくり飲めるからね。飲みっぷりがいい人と一緒に飲みたいですよ」

「あたしそんなこと言われたくない。ほんとはウィスキーは苦手」

「そうは見えないけど、でも、そう言われちゃ困るねえ。よう、館野さん、どうなの？」

村田は愛想のないみゆきをもっとかまおうとして、目尻の皺をますます目立たせながら何やかや質問していたが、ろくに反応もないので投げ出すかたちになった。

黙って横で聞いていた柴田が、そのあと話しかけた。

「僕はしばらく労働者やってたんで、こんな黒い顔だけど、ほんとはカメラマンなんですよ。どっちも外の仕事が多いから、よく焼けてね。ここで酒飲んでるのは、どういうわけかみんな色が白いけど、僕だけ違うでしょ？」

「カメラマンって、体使うってことですか」

　みゆきは黒い目を見ひらいて柴田を見た。少し表情が動き始めた。

「結構体を使う仕事でね。どんなところで何をさせられるかわからないし。人にこき使われるようでもあるし。実際、カメラマンは労働者みたいなもんなんですよ」

「カメラマンていう人、あたしはじめて。会ったことなかった。ヌードなんかやらないんですか」

「ヌードねえ。ヌード専門なら、一見労働者ふうじゃないかもしれない。やっぱり女性相手だと違うよね。まあ、そんなのもいいだろうとは思うけど」

「カメラマンって、みんなそういう仕事なのかと思ってた」

「いろいろ仕事があるからね。いまそっちが人気があって、女性モデル専門の人は『婦人科』っていうんだよ」

「へえ、病院みたい。ヌード専門の人ってお医者さんみたいってこと？」

「さあ、どうかな。お医者さんもいるかもしれないね。僕はそんなの好きじゃないけど。だから、時どき労働者やったりしてるんだよ」

「あたしも夏はまっ黒になる、海へ行くから。ああ、もう行きたいな」

「それがいいんだ。たまには街から抜け出て、まっさらになるか、まっ黒になるのがいいんだ」

柴田はその晩、みゆきと一緒に夜の街に消え、あとで和生にみゆきのことを話した。若いみゆきの見かけによらぬ女くささについて、彼は和生と同意見だと言った。みゆきは一見男の子みたいでも、そのうわべを剥ぐようにして浮かび出るものがあり、柴田はそれに驚き、喜んだらしかった。

声は低いし、表情にも乏しいみゆきが、いつの間にか肉感のある女になるさまに驚くのだ。それまで多少距離があったところを一挙に埋めるものが出てくる。そのちょっとした動きにうたれるような気持ちになる。柴田はひそかに感心する思いでみゆきを見直したのにちがいなかった。

「あの子は面白かった」と柴田は言った。「これまで知った女とはちょっと違うんだ。それをどう言ったらいいのか。これは仕事だっていう顔の下から、彼女の正直ななま身があらわれる。うわべは男の子みたいなのに、知らぬ間になまな女になっている。これは何なんだって思うくらいに」

「なるほど、そうかもしれない」と、和生は柴田のいつにない喜びように応えて言った。「ふわふわした少女っぽさが全然ない子だね。不思議な重さに惹き込まれる。そこで、これは面白いぞって気になるんだね」

「ほんの二、三時間のつき合いだから、もちろん何がわかったわけでもない。それでも、彼女のなま身の重さが忘れられない。もっと先がありそうで不思議だった。ひと晩限りのつき合いではもったいないと思った」

「わかるよ。でも、君がそんなに言うなんて珍しいじゃないの。写真の仕事にもつながるってこと？　それで喜んでるんなら僕もうれしいけど」

「仕事はねえ、そう簡単にはいきませんよ。僕は彼女を被写体として考えたわけではない。むしろそんなこと考えたくはなかった。単に面白い女だと思っただけですよ」

「それなら、そのままもっとつき合えばいいさ。まだいくらでもつき合えるだろう。たぶん彼女は逃げてはいかない。そのうち、ひょんなことで彼女が被写体になっていてもいいんじゃないの？」

「ひょんなことでね。まだ全然考えてもいないことだけどね」


その後柴田は、みゆきとふたりで夜を明かしたりし、そのことをまたくわしく話した。みゆきは柴田と飲み始めると、朝まで別れないことがあるらしかった。

そんなひと晩について語りながら、柴田はともかく気分がよかったとくり返した。まず彼自身の体のことがあった。ひと月労働しても、酒を飲んで夜を明かしても、もう病菌が動きだすことはない。ほんとにその気配が現れない。自分の体はたしかに潔白だ。そう思いながら、安心してみゆきの相手をすることができる。それがほんとにいい気分だったんだ、と柴田は言った。

しかし、みゆきとひと晩つき合ってみて、何かわかったことが特にあったわけではない。ただひとつわかったのは、彼女がめっぽう酒に強いということだ。実際、何時間飲んでもみゆきは崩れることがない。ただ、あまり動きたがらなくなって、結局朝まで一緒にいることになってしまう。

あの晩は、居酒屋二軒と深夜スナック二軒のはしごだった。酔うほどに、みゆきは丸太みたいにどっしりしてきた。体に芯ができて、それが彼女の健康な若さの芯というふうだったし、こちらも自分が健康だと思うと、若いみゆきをただ見ているだけでいいという気がした。彼女の辛子色のブラウスの胸がゆったりし、黄土色のコール天の超ミニのスカートが腿に貼りつき、はち切れそうだった。

酒を飲むみゆきから女がにじみ出し、そこに若さが晴れやかに浮かぶちょっとした瞬間がある。それをそっくり写真にできるだろうか、と考えてみた。だが、本気でそう考えたわけでもなかった。実際、そんなことをしつこく思うわけにはいかなかった。こちらもただただ、いい気分になっていたからだ。

その晩みゆきは仕事のことなど忘れて飲んだ、というと、こちらのうぬぼれのように聞こえるだろうね。たしかに彼女はずいぶん仕事熱心でもあるからね。でも、その日はもう次の男を探そうなどとはしていなかった。深夜スナックに好色そうな男がいても、みゆきは目もくれずに、こちらからも少し離れがちになりながら、時にひとりの顔で酒を飲んでいた。

男の子のように不愛想なみゆきが、ふだん生きているのがどういう場所かはわからない。学校か、職場か、アルバイト先か、ともかくその種の場所で無感動な顔をわざと人目にさらすようにしているのにちがいない。それが、夜になって街へ出て、男を探し始めると違ってくる。たぶんみゆき好みの居場所が出来てくる。みゆきはそれまでの顔を捨て始め、純なといってもいい若さがあらわれるようになる。うれしそうに笑うこともある。その日はじめてのきれいな笑顔だ。そんなみゆきの夜の街は、決して汚れていないという気がしてくる。

その晩は、みゆきとラブホテルへ行くつもりで飲みながら、結局行かずに終わってしまったんだ。信じられないだろうね。だいぶ酔って、だんだんそれはどうでもいいような気がしてきた。もうふだんの自分のようではなかった。みゆきがまた、急に女くさく寄り添ってきて、きょうはもう三軒目よ、そんなにお金使うんなら、もうそれ以上あたしに払ったりしないで、なんて言うんだ。

最後の深夜スナックは、遠い知らない街の小さな店だった。みゆきは自分から先にそこへ飛び込んだ。まるで知っている店にたどり着いたというふうだった。まだまだ飲めるという勢いもあった。店じゅうに西洋のアンティックふうのものが飾ってあった。店主の癖が感じられるその趣味的な店で、みゆきは狭苦しい空気にも頓着せずに飲み始めた。

しばらく陽気に飲んでいたが、ぱたりと飲めなくなり、こちらに寄りかかって眠り始めた。

体がどんどん重くなる深い眠りだった。こちらも眠りかけながら、今晩彼女とラブホテルへ行っていたら、もうとっくに別れて、こんな店へも来ていなかったはずだと思った。ホテルへ行かずに一緒にいるたっぷりした夜の時間を思ったんだよ。それを満足に思う気持ちが、やがて眠りのなかに消えていったんだ。

椅子が小さくて固いので目を覚ます。みゆきはますます体を重くして眠っている。置物みたいな暖炉や古風な帽子掛けなんかが見える。みゆきが眠るには、こんな固い椅子ではなく、さっきの店のソファのほうがよかったのにと思ったりする。みゆきのすぐうしろには、大きなかねの水差しが飾り棚の上にのっている。それが落ちかかりはしないかと心配になる。が、そんな思いも浮かんだと思うとすぐに消えていく。

左肩に食い込むみゆきの重みの下で次に目覚めたとき、彼女はぴったりこちらに張りついたような眠り方だし、こちらはまた右手をうんと左へ伸ばして、みゆきの膝を押さえる格好になっていた。他の客の前で彼女の膝が開きかけるのを、眠りながら押さえていたってわけだ。われながらそれがおかしくって、そのあともう眠れなくなってしまった。張りついた体を離してやると、みゆきは指が一本入るくらいに口をあけたまま眠りつづけた。まだ互いにキスってものはしたことのない意外に子供らしい口だったよ。

五時になっていた。みゆきを起こして店の外へ出ると、焼跡のバラックの名残りがわかる低い家々の上に、はや薄青い空が拡がっていた。みゆきはただ大きな黒目を見張って呆然としていた。寝ぼけてどこにいるのかわからないという様子だった。

二人で夜行列車から降りたところみたいでもあった。ひと晩旅をしてきたようなもんだと思ったよ。昔から夜行列車は好きだったたし、みゆきと二人の悪くない旅だと思ったんだよ。見知らぬ旅先の早い朝は気持ちのいいものだ。街を眺め、空を見あげて空気を吸い込む。あの朝は、すぐには歩きださずに、半分寝ぼけたようなみゆきと並んで、東京の知らない街の空気を新しく吸っていたんだ。

明るい自然光のなかでお互いを見るのははじめてだった。ひと晩のあいだに、少しずつみゆきの生地が洗い出されていくようだったが、あげくに夜が明けてみると、化粧の崩れた知らない娘が、昔の蒸気機関車の煤《すす》に汚れて立っているというふうだった。男に誘われてやってきた旅先に、棒のように突っ立っている不安な田舎娘のようでもあった。

空の青さはたちまち消え、灰色の雲が垂れ込めて、湿った空気が淀んできた。まだ梅雨の明けていない灰色の朝の眺めが定まりつつあった。その景色のなかのみゆきは、たしかに一人の知らない娘だった。実際、こちらが彼女の何を知っているわけでもなかった。その思いのなかに、ただ彼女の寝姿と、肩に食い込む丸太みたいな重さだけがはっきりしていた。

それを確かめながら、夜が消え去った梅雨空の下に立っているのは悪くなかった。むしろ気持ちがよかった。いま「完治」の自分にあらたに恵まれたものがここにあるのだと思った。

それからだいぶたって、そんな経験をどう語るべきか考え始めたんだ。どんな写真にできるかではなくってね。これはまあそういう話なんだよ。


木田はるみは、どうやら永井に会うために、時どき「談話室」へ行っているらしかった。和生がそちらで出会うことはなかった。が、ある日彼女の勤め先へ電話をしてみると、はるみはその晩久しぶりに坂道を下って、アパートに近い裏小路のレストランまでやってきた。

「忙しそうだね。こんな時間があいているなんて、珍しいんじゃないの？　だいぶ会わなかったね」

「ほんと、久しぶり。いつの間にか夏だなんて」

「女社長のところは三月からだったよね。まだ半年にもならないわけだね。でも、その半年がえらく早かったんじゃないの？」

「そうなの。いまもどんどん早くなってる感じ。学生のころが暇すぎたんだわね」

「いろんなことをやりすぎるからだな」

「あたし欲張りすぎなのかな。人の関係が急に増えちゃって」

はるみは何となく恥ずかしそうに笑い、自分のことはそれで片づけて、ママの店の理恵のことを話し始めた。

「理恵ちゃんね、また旅に出ちゃったのよ。お店にいたのはたった二ヵ月。それじゃお金、たいして稼げないのに。我慢できないのかなあ」

「たぶん、とつぜん我慢できなくなるんだろうね」

「お金ない、お金ないって言ってたくせに。それで、どんな旅をするのか知らないけど、ともかくあの子、ふだんいつもひとりなのよ。男が一緒なわけじゃなくて。旅だってひとりよ。そういう子珍しいかもしれない」

「いまはみんな同棲しちゃうんだからな。でも、理恵ちゃんは違って、何でも男に引っかからずにやりたいんだろう。そうやってひとりで逃げ出して、金のない旅で苦労しても、そう汚れもしないで帰ってくるみたいだね」

「その点、何だか頑なものがあるみたい。いったん旅とか思ってしまえば、きっと何でもはね返してしまえるのね。理恵ちゃんの旅って、たぶんそういうものなのよ。でも、あたしはそうじゃなかった。いまから思うと、全然動いていなかった。飛び出す気もなくて、でも一向に同棲もしないで」

「理恵ちゃんみたいに転々とするタイプじゃないね。いまの勤めもちゃんと続きそうだ。でも、あなたも学生のころはあの騒ぎのなかにいたわけだよね」

「理恵ちゃんみたいにやれればよかったのかなあ。でも、あたしは案外あそこで面白がっちゃって、自分から動く気がなかったんだわ。それで結構いろんなことがあって」

　はるみは言い淀み、その先を言わなかった。何か言いだしそうでもあったが、和生はあえて聞かずにやりすごした。

はるみの友達の久仁子から聞いていたことがあった。久仁子は、当時のはるみの男友達のことをよく知っていた。はるみが逃げ出すのではなく、男が逃げたのだということだった。久仁子は声をひそめて、はるみが貸していた金がかなりあったのに踏み倒されたことなどをこっそり漏らした。男も金も、学生運動の世界へ消えたのだった。

そんなことではるみがどこまで落ち込んだのかはわからない。が、彼女は大して手間取らずに向きを変え、立ち直って、ふつうの女子学生の平気な顔をとり戻したらしかった。それでも、その男がはるみの心身に残したものが当然あったのだ。

はるみは瞬間うつむいて、いまもなお残っているものにふと目をやるような表情になった。和生の目の前に十歳年下の若者の世界が、何か不透明な暗がりのように浮かび、そこでうつむくはるみの首や頬が白かった。和生はあらためてその白さを見直すような気持ちになった。あのころからいまに生き延びている白さだという気がした。

はるみは顔をあげて和生を見た。狐のような吊り目の顔が瞬間美しかった。

「館野さんのこと、あたし知ってるんだから。ママが好きだったんでしょ？」と、とつぜんはるみは和生を責める調子に切替えた。「おばさんから聞いたわ。二人で旅行もしたんですってね」

和生は驚き、ともかく正面からはるみのただならぬ勢いを受け止めようとした。

「ママってそういう人よね。館野さんみたいな人を放っとくわけないわよね」

「こっちが風来坊だから、都合がよかったっていうわけ？」

「ママは本気だったんじゃないの？　一時はおばさんもそう言ってたわよ」

「いや、それはそうでもないんだ。たしかにそんなことはあったんだけど、長くは続かなかったんだ」

「ママの昔の話もおばさんから聞いたわ。ママの男関係って、凄かったって話」

「うん、そうみたいだね。僕も聞いたことがある。戦後の娘時代の話だよ。アプレ・ゲールってことばがあったでしょ？　東京の街にまだアメリカ兵がいっぱいいたころのことだ」

「あたしが聞いたのはもっとあとの話。ママがお店を始めたころのことよ。そのころのお客さんと凄かったって話」

「そうか。たぶんそれは商社マンだよね。その人、最近アメリカから帰ってきて、また店へ来るようになったんじゃない？」

「あきれた。そんなことまで知ってるなんて。やっぱり気になってたんだ」

「ママはいま、前とは違う感じ？　はしゃいじゃってる？」

「そうでもない。その人最近よく来るけど、ママは案外落着いてるわ。喜んでるのかもしれないけれど、前より静かになったくらい」

「おばさんはすてきな男だって言っていたな」

「そうかなあ。たしかにママが好きになるタイプかもしれないけど」

和生ははるみに、千鶴子の戦後の話をしないですんでよかったと思った。それはおばさんから聞いたアメリカ南部アトランタ出身の米兵との関係だった。おばさんは、いわゆる戦争花嫁になってもおかしくない関係だったという意味のことを言った。それでも、千鶴子のころになると、戦後のいちばんひどい時代は終わっていたから、彼女はアメリカまでついていかずにすんだのだ、というのがおばさんの話だった。千鶴子はのちに店をもつとき、若いころを思い出して、米兵の出身地アトランタを彼女の店の名前にしたのだという。

和生ははるみたちと話すとき、少しは前の時代のことを知らせたいと思うことがあった。が、そんな気持ちが動いても、いま敗戦後の娘の話などせずにすんでよかったと思った。実際、おばさんの言う戦争花嫁ということばは、娘時代の千鶴子にふさわしいとも思えなかった。それはあまりに古くさいことばだった。

はるみはママのことから、「談話室」の永井のことに話を移した。はるみは永井青年とつき合い始めていた。彼女はそのことを、悪びれた様子もなく、簡単に報告するというふうに話した。ママの店へ来るサラリーマンなんかではなく、貧乏デザイナーとつき合うのが性にあっていると思う、と言った。

同時に、和生とママの千鶴子とのあいだのことで、もっと何か言いたいのを抑えているといった様子もあった。隙をみて、ちょっとしたいや味を言ってみたいのかもしれなかった。和生は、同世代の永井とのあいだを語るはるみのことばを受け止めながら、彼女のもうひとつの心が活発に動いて目を光らせるのを感じていた。

そしてその動きが、あらたなことばを弾き出したというふうに、とつぜん別のことを言いだした。千鶴子のことかと思うと、そうではなかった。

「あの杉山みゆきって子ね、館野さんが連れてきたんでしょ？　あの子はいったい何なの？」

和生は、はるみの白い顔が正面切って目の前にあるのを感じながら、すぐにはことばを出せずにいた。

「みんな困ってるみたいよ。あそこ、前とはすっかり変わっちゃって」

「みんなってだれ？　どんなことになっているの？」

「ほんと、おかしいのよ。あの子のおかげであそこの空気が変わっちゃってる」

「そうか。それで永井君が困ってるんだね。彼からどんなことを聞いてるの？」

「男の人たちの様子がおかしいのは、すぐにわかったのよ。彼はあんまり言わなかったけど」

「あなたは彼女とよく一緒になるんだね」

「そうでもないけど、よく来てるみたい。冗談じゃないのよ。彼、館野さんのこと怒ってるわよ」

「それは困ったな。みゆきはああ見えて利口な子だよ。どうしてそんなことになったんだろう」

「あの子があそこへ来るからいけないんじゃない。何度も平気で来るからよ」

「彼女が来るだけで空気がおかしくなるんだね」

「そうよ。あの子は困るってみんな言ってるわよ」

「それが永井君の責任みたいなことになっているんだね」

はるみは直接和生を問いつめる調子を変えなかった。自分が永井に代わって和生と向き合うというふうにいつしか姿勢が変わっていた。


次に「談話室」へ行ったとき、和生は永井と二人でしばらく話した。はるみは永井が怒っていると言ったが、一見そんな様子にも見えなかった。永井は和生に向かってただ困惑の表情を浮かべるだけで、あまりはっきりものを言わなかった。だいぶたってから、永井はようやくこんなふうに説明した。

「僕は女性を増やしたくて、舘野さんにもお願いしましたが、やっぱりむずかしい問題があるなと思うようになって」

「社長はもともと男だけのクラブみたいなものを考えていたんだよね。はじめは違うイメージだったわけだな」

「ええ、僕がそれを変えてしまったもので。でも、結果は予想外なことになりました」

「杉山みゆきって子が原因でそうなったんだね」

「彼女が柴田さんと二人で飲んでいたあいだは問題なかったんです。それが……」

「二人だけの関係が、いつの間にか拡がってしまったということか」

「僕は最初は気がつかなくて、あとで驚いたんです。そういうことは想像していなかったので、ショックでした」

「それで、柴田君はどうしたの？　僕はしばらく会っていないけど」

「何か仕事が入ったみたいで、最近ちょっと見えていなくて」

「そのあいだ、みゆきはずっとひとりで来ていたんだね」

「ええ、自分でボトルを買って、腰を据えるようになっていました。それから急に空気が変わってきて」

「そうか。きょう来てみて、君が困っているのはわかったよ。たしかに僕が悪いことをしたみたいだな。しばらく顔を出さなかったし、悪かったな」

　永井は最後まで強い言い方をするでもなく、困惑したあいまいな調子を変えなかったが、いつにない暗い影が浮かんでいた。木田はるみが愛した彼の明るさが消えていたが、単なる失望や落胆というより、もっと深い意気阻喪を感じさせるものがあった。

　社長の多田一郎が永井を叱責したらしいという話が耳に入っていた。和生はある日の朝食後、用を足しに出たついでに、多田のオフィスへ寄ってみた。すでにほんものの夏の陽光が照りつけていた。和生は額を日に焼かれながら、この街へ越してきたばかりの春先の日、多田とばったり会って以来、多田と何度も会ってはいないことを思った。多田は口ごろともかく忙しすぎた。社業が少しは楽になったと言いながら、彼は相変わらずそわそわしつづけ、和生の日常とは明らかに違う時間のなかを動きまわっていた。

階段をあがってオフィスへ顔を出すと、多田は驚いたように和生を見た。それから、仕事の指示を二つ三つ急いで出し、立ちあがり、和生のほうへ歩いてきた。彼の歩き方は狭いオフィスのなかで勢いがよすぎた。

「ちょうどよかった。もう昼だから、下で一緒に食べましょう」

多田は先に立って階段をおりながら言い、まっすぐ階下の定食屋へ向かった。

まだ十二時前で、客は多くなかった。多田はさっさと歩いて和生を奥の席へ誘い、いつも食べるらしい定食を二人分注文した。

「久しぶりじゃないですか。どうしていましたか」と、多田はそこではじめて愛想を見せて言い、笑顔を浮かべた。「噂は聞いていましたけどね。自由な暮らしってどんなもんですか」

「朝早く起きなくていいってだけでね。いまも何やかや縛られていますよ」

「館野さん、やっぱり会社のころとは顔つきが違う。順調のようですね」

「そうかな。忙しがらなくてもよくなっただけですよ」

「しかし、忙しがらないって、なかなか真似のできないことでね。わたしにはできませんよ」

「ともかく、人づき合いがすっかり変わりました。それが面白い経験だとは思うけれど」

多田は話のあいだもせっせと食べつづけ、はや定食の煮魚をあらかたたいらげていた。彼はその勢いをふと止めるようにして、あらためて和生を見、少し調子を変えて話し始めた。

「じつは館野さんが連れてきた女の子が、ちょっと問題になっていましてね。永井が困って、いろいろ言ってくるようになった。わたしはその女の子の顔も見ていなくて、話を聞いただけですがね。永井によると、談話室は彼女ひとりにすっかり掻きまわされてしまったという。もうどうしたらいいかわからないとか何とか、泣きごとを言ってくるんです。そんな才覚なしとも思わなかったが、彼はともかく参ってしまっていて」

「あの子は男を探しに談話室へ来ていたというわけですか」

「まあ、そういうことでもないでしょう。何度も来てくれているうちに、おかしくなっていったということでしょう。だが、ことがはっきりしてくると、永井は少なからず混乱してしまった。若すぎるようなところもはっきりしました。その点、わたしは彼を見損なっていたのかもしれないんだが」

「彼女がひとりで酒を飲みにいくようになるとは、じつは僕も思っていなかったんです。彼女を放っておいたのが間違いだった」

「わたしもね、あの仕事を永井にさせて、それなりによくやっていると思っていました。それであまり顔を出さずに、じつをいうとしばらく忘れていたくらいでした。もっとわたしが関わればよかったんだが、それがなかなかできなかった。その子が来ていることも知りませんでした。永井からの話を聞いたとき、はじめは何のことかわからなかった。談話室はともかくわたしが始めた仕事なんだし、話がわからないのはまずい。若い女の子ひとりの動きで、わたしの仕事がひっくり返されたのだとしたら、それがどういうことかちゃんと知りたいわけだ。でも、永井は動揺しっぱなしで、なかなかまともに答えられなかった。それで、わたしは談話室なんてものはもうやめようと思いました。この夏いっぱいでやめることにしました。そのことをいま永井にも言いふくめているところです。館野さんにも何やかや助けていただいたのに、そんなことになるのは残念です。が、そもそもわたしが甘かったのはわかっているので、その点どうか御容赦願いたいのです」

すでに近辺の会社の昼休みで、食堂はお客が一気に増え、騒がしくなった。多田一郎はその動きを見ながら話をやめ、さっと立ちあがった。そして和生に握手を求め、手をさし出してきた。和生との関係はこれで終わりだと言わんばかりに。

和生はそんな多田に一呼吸遅れて向き合うことになった。いま自分のほうに何か言うべきことがあるのかないのかわからない気がした。何か多田に詫びるべきことがあるにしても、それをどんなことばにすべきかがわからなかった。

第七章　航海

　秋になり、何度か台風が来て、そのあとよく晴れた。ある日、和生は日ざしの明るい銀座へ出、裏通りのビルの郵船会社を訪ねていった。新聞の隅に見つけた広告に従い、番地を頼りに歩いてビルの上の階まで昇った。勤めをやめてから、毎朝時間をかけて新聞の隅まで目をとおす癖がついていたのだ。

　だがその日は、仕事を探しにいったのではなかった。明らかにそんな日ごろの動きから、はずれる道を歩いていた。和生は、退職後半年馴染んだ街から、ふと海のほうへ出ていこうという気を起こしていたのだ。

　南方へ行く船に乗るため、船室を予約する必要があった。東京港からまっすぐ南下する十二日間の船旅の広告を見たとき、街の南のほうへ世界が一挙に拡がり、和生は即座にその船に乗ろうと決めたのだった。

大戦後、米領グアム島は立入禁止が解けて、ようやく観光客を迎え始めていた。米国人さえ入れないといわれる時期が長かったのだ。その秋、日本の郵船会社がサイパン島とグアム島へのクルーズを企て、その第一便の広告が出た。ごく控えめな広告だった。すでに飛行機のツアーは始まっていた。が、船となるとはじめてで、どんな客が集まるのかわからなかった。

郵船会社でくわしく話を聞くつもりだった。が、カウンターのむこうの社員は、男も女も若くて頼りなかった。どんな船旅かわかっていないらしかった。太平洋戦争の知識も、あるのかないのかわからなかった。話はただ漠然として、行手の見えない南方のもやのなかへ乗り出すことになるのか、と思った。が、それならそれでいいだろうとも思った。初航海のもやのむこうには、ともかく広大な海の空間がひらけているはずだったから。

和生が小学校へ入った年、昭和十九年の七月、サイパン島の日本軍は玉砕し、島は米軍に占領された。B29爆撃機の日本本土空襲が可能になり、その後日本中の都市が焼き尽くされることになる。昭和二十年八月、サイパンの隣りのテニアン島から、原子爆弾を積んだB29が広島と長崎へ飛び、二つの都市を壊滅させ、いっぺんに二十万の市民が死んで戦争は終わった。

かつて大宮島と呼んでいたグアムはともかく、サイパンの名前は子供の記憶にも刻まれていた。領海の南の太平洋の拡がりとともに、四半世紀をへだててその名がよみがえってきた。が、B29の巨大な機体が現れた昭和十九年の東京の空の記憶は、もっとはっきりしていた。もっとなまなかたちで残っていた。和生の場合、たしかに海よりも空の記憶なのだった。

和生はその四半世紀後のクルーズを予約することにした。連れはいないが、エコノミーの二人部屋を申し込んだ。いったん空の記憶から離れて、海の記憶をさかのぼれるものだろうか、と考えてみた。兵隊たちでぎゅう詰めの輸送船が思い浮かび、南の島々へ動員される彼らをいまの客船で追いかけるような旅になるのか、と思った。

翻訳の仕事をまとめて片づけなければならなかった。ひと月ほどそのことに専念し、街を歩くのも仕事のための往復ばかりになった。高度成長中の経済は、相変わらず米国の情報ばかりを求めていた。その時期、和生は食品や医薬品の最新情報を、片端から日本語にする仕事に追われつづけた。

そして十一月初旬の晴れた日、ようやく晴海埠頭から船に乗り込んだ。タラップを登ると、船員たちの異国のことばがいっせいに、風のように起こって寄せてきた。船員はほとんど香港の人たちだった。ことばだけでなく、海の風が船内に流れて、街の仕事を片づけたばかりの和生を、ふと救いとってくれるかのようだった。なるほど、これがクルーズ船というものか、と思った。

見送りの人たちに七色のテープを投げる出港の騒ぎがあった。が、和生は船のなかを歩きまわっていて、そちらをろくに見ていなかった。それより、どんな人がどのくらい乗っているのかを知りたかった。新婚旅行客中心の飛行機とは違い、船は若者はむしろ少なかった。中年男女が多く、それがマスコミ関係の人たちだということがわかった。そのほか、老人が中心の男女の団体が目についた。

総トン数一万二千トンの戦前の船である。ケビンの収容人数は四百五十人だというが、ざっと見たところ、客の数はそれほどでもない。もしかするとその半分くらいかもしれない。和生が入った二人用ケビンも、もうひとりの客はいないらしい。船が動きだしても、相客がやってくる気配はなかった。

東京湾を出はずれるころから、海は青さを増してきた。おだやかな秋の陽光が、目路《めじ》の限りに拡がっていた。まずサイパンへ、四日近くもかけて南下するのだが、どこまで行けばいまの気候が亜熱帯の夏に変わるのかわからない。現実感がなかなか出来てこない。はるかな夏の世界に吸い込まれていく長い時間が、行手に立ちふさがるようである。

そんな思いで舳先近くに立っていると、いつの間にか若いカップルがそばへ来ていた。長髪の男と目鼻立ちのくっきりした女だった。どちらも南へ行く船の客というより、ふだん街なかで遊ぶ若者というふうで、その身軽そうな姿が船の行手を遮るように動いた。

はじめは、和生の目のはしで二人の体が触れ合うのが、光のたわむれのように見えていた。が、そのうちどちらも動かなくなった。ちょっとした恍惚の瞬間なのかと思うと、そうではなかった。恋人同士のように体を触れ合ったのではなさそうだった。むしろちょっとふざけてみたのかもしれず、それから二人の体が離れるのがわかった。

そのあと、若者がもう一人やってきた。背のひょろ高い男で、まっすぐカップルのところへ近づき、無造作に二人のあいだへ割り込んだ。彼は頭二つぶんくらい高いところから、女に向かって何かからかうようなことばを投げた。

女はそれに対し、相手を叩くように手をあげ、長髪の男の蔭に隠れるように動いて和生にぶつかりそうになった。そしてあわてて立ち直りながら、太陽を仰いで勢いよく首を伸ばした。彼女の張りきった頬がはや西日の色に染まりかけていた。

和生は若者たちの動きになかば巻き込まれながら、ひとこと声をかける気になった。

「君たちはグループ？　新婚旅行じゃないよね」

三人はそろって笑い声をあげ、長髪の男が答えた。

「僕らお客じゃなくて、バンドなんです。彼女はボーカルで」

「ああ、なるほど。これからウェルカム・ディナーってのがあるけど」

「ディナーは音楽なしですよ。きょうはそのあとも出番なしです」

「あたしたちはあしたから」

女は重ねて言い、舞台の上で見せるような濃い笑顔をつくった。

背の高い男が、幾分おどけた調子で説明をつづけた。

「だからいま遊んでいられるんで。明日からは音楽やりますんでどうかよろしく。南洋へ行けるのはいいけど、ひまがありすぎるんじゃないかってのが心配で。毎日練習できればいいのに、そんな場所もないらしい。ともかく明日からは彼女が歌います。聴いてくださいよ、うまいんだから。でも、われわれは一見、船の客のような、客でないような。ほんとは新婚旅行のほうがいいんですけど」

「それじゃ愚痴のような、愚痴じゃないような。そんな言い方じゃだめさ。宣伝してるような、してないような」

長髪の男がからかった。

「あたしはいじめられたような、だわね。船に乗ってもいじめられるんだから、気分だいなし」

ボーカルの女は、和生には聞こえなかった長身男のさっきのことばのことを言っていた。

それから三人は妙な体操を始めた。中国人のヨガのようなものらしかった。が、見ているうちに、ボーカルの女性の動きは勝手に変わっていき、跳びはね始め、ヨガらしくもなくなっていった。

仲間はもっといるはずだが、彼らはどこかプロのバンドらしくなかった。少なくともこの三人は、たしかに「船の客のような、客でないような」ところがあった。もうひとつ腰が据わっていない、所在なげな感じだった。おそらくふだんの彼らの街の場所が、船の上にはないからかもしれなかった。

日が暮れかかるころ、船客は食堂に集まり、ウェルカム・ディナーが始まった。白髪まじりの船長が立って挨拶した。戦後二十五年、客船の旅が復活しつつあるのがうれしい、と言った。食堂に客がそろうと顔ぶれがほぼ見渡せ、船の全体が見えてきた。老人たちとその関係者が、意外に多いのがわかった。彼らは戦没者慰霊の旅行団のようだった。

マスコミ関係の男たちも多く、彼らがいちばん遠慮なく、賑やかに話していた。和生同様、はじめてパスポートをとって船に乗ったという人も少なくないらしかった。そんな内輪の話が聞こえてきた。新聞や雑誌の記者たちが、国内ニュースの現場を離れて、いっとき楽な空気を吸おうとしている様子もわかった。もはや戦争のない太平洋に、ニュースのタネはほとんどないはずだった。

若い客たちもどこからか出てきていた。バンドの連中と似た年齢で、多くはカップルで、彼らはまぎれもない船客だった。が、彼らも伸び伸びとふるまってはいなかった。カップルはただひそひそとしゃべり、もの珍しげに見まわし、おとなしくしていた。

賓客らしき人たちが坐る船長のテーブルを中心に、ディナーは何ごともなく進んだ。若い香港人たちがサービスに飛びまわった。東南アジアの空気が流れてきた。テーブルによっては、初顔合わせの船客同士の話がはずんでいた。和生は隣りのテーブルでマスコミの人たちがしゃべるのを耳にしながら、同時に遠くの老人たちを見ていた。

翌日も和生は、あまり人と話すこともなく過ごした。海はもはやべらぼうな広さだった。和生はそのなかにひとり落ち込んだような気分をひそかに楽しみ始めた。人と話をしないのもよかった。ふだん人と会わない日があるにしても、それとは違う世界の広大なところに落ち込んで、ひねもす海の紺青と向き合っていられた。本を読むこともあったが、読みながら何度でも海の広さのなかに落ち込み直す思いでいた。

　二日目の海の眺めが暮れかけ、夕食におりるときが来た。食堂ではマスコミの人たちが、昨晩と同じようにしゃべっていた。老人たちは相変わらず静かだったが、戦没者慰霊団には壮年の男もちらほら混っていて、よく見るとそういう人はもっと静かな感じだった。彼らはひとりひとり、沈黙がにじみ出るような姿をじっと保っていた。戦場で生き残った数少ない人たちにちがいなかった。彼らに比べると、戦死者の親族と思われる老人たちはまだおしゃべりで、かすれた風のような声がざわめくのが聞こえた。

　夕食のあと、バンドの若者たちの出番が来た。背の高い男はベースで、長髪の男はサックスだった。学生のバンドに近かったが、ボーカルの女性は声量十分で、日本の歌もアメリカの歌も、なかなかうまく歌い分けていた。

　それでも、客が音楽に乗るということがなかった。マスコミの人が二、三、声をかけていたが、全体に静かなままだった。生き残った兵士らしき人たちは、不動の姿勢で聴き、表情が変わることもなかった。和生は彼らのその姿勢と、きのうデッキで見た三人の若者の所在なげな妙な動きを並べてみるような思いになった。暮れかける海の残光に、いまその眺めが照らし出されているのを見るようだと思った。

　三日目になった。その日船内を歩くと、マスコミの人たちと何度か一緒になった。彼らは和生を見て、同じ記者仲間のように思うらしいのがわかった。同臭の人間と思われるらしかった。

その一団が、何の用かそろそろと動き始めた。和生が動かずにいると、あなたも行かないのかというふうに顔を見た男がいた。「いや、僕は違うんで」と言うと、「あ、一般の方でしたか」と、あわてたような答えが返ってきた。

何かの講座や広報の集まりがあるらしかった。彼らは一般の客とは別に動き、どこかの部屋へ吸い込まれ、忘れたころにまた現れた。おそらく海の彼方の島の観光局が、はじめて大がかりな政策をうち出し、彼らを動かしているのだった。

彼らとまた一緒になったとき、さっきの男があらためて声をかけてきた。通信社の記者という肩書の名刺をくれた。

「おひとりですか。楽しそうに歩いていますね。羨ましい」

彼はからかうような笑顔を浮かべた。

「戦没者慰霊の人たちが乗っていますね。皆さんそちらの取材ですか」

和生も相手のことを聞き出そうとした。

「それもあります。が、われわれも半分観光客みたいなもので」

「なるほど、グアム観光の取材も、ですか。むこうさんの招待ってことで」

「しかし、これだけの数の記者が、皆同じようなことを書くわけにもいかないし」

「それはそうですね。たしかにむつかしいでしょう」

「まあ、半分遊びに行くようなもので、実際何が書けるかわかりませんよ」

彼は鼻筋のとおった細面《おもて》に皮肉な笑いをちらと浮かべ、下のデッキへおりて行った。名刺の彼の名前は荒木良一といった。

海を見ると、行手に島が現れていた。黄色い土がむきだしの硫黄島《いおうとう》だった。サイパン玉砕のあと、九ヵ月してまた米軍に上陸されたもうひとつの玉砕の島である。ちょっとした小山が二つ見えるだけのかなり平坦な火山島が、ほとんど裸のまま広大な海にさらされている。島の黄土色が、空の青とくっきり色分けされた眺めが近づいてくる。

もともと硫黄を採掘した島で、サトウキビやコカの栽培の時代があったというが、いまはまったくひと気のない、静まり返った眺めである。こんな島の争奪戦で三万人近い将兵が死んだのだとすると、そのときここがどんな轟音の世界だったか、想像するのがむつかしい。米軍が占領してからも、東京を空襲して帰るB29がこの島の飛行場へおりることがあったのだ。島はその後もしばしば爆音に包まれていたことになる。そしていまなお、米軍や自衛隊がこの島を演習で使うとき、現代的な戦争の騒音が、あらためて大海の火山の噴火のように、とつぜんこの一帯の静寂を破るのにちがいない。

硫黄島は昔、あの裸の地面の至るところに堅固な地下壕が作られ、地下が複雑につながっていたのだという。いわゆる復廓陣地である。米軍は六万人もの兵力でこの小島に襲いかかり、二万人余の守備隊は地下壕にひそんで徹底抗戦した。その有名な話に対し、いま見る島はあっけないほど小さくて、むきだしで、単に荒涼とした無人島にすぎない。ただ、それはいまだに万を数える遺骨が埋まったままの島なのだ。

戦没者慰霊団の人たちが、下のデッキの舷側に集まっているのに気がついた。いつしか慰霊祭が始まっていたのだ。舷側の手すりに花輪がいくつも結びつけてあった。老人たちが前に出、壮年の五、六人が背後に立ち、そのうしろから老人の家族らしい人たちが囲んでいた。彼らは船の横手の硫黄島に向けて手を合わせた。献花が行なわれた。そのささやかな儀式のあいだ、音は何も聞こえてこなかった。音のない人々の動きが、若者の声がしているこちらのデッキとは別の空間をゆらめくように見えた。ごくひっそりとした気配が伝わってきた。

和生は近くなった硫黄島をもう一度眺めた。上陸した米軍が星条旗を立てた摺鉢山が見える。追いつめられた日本軍司令部が最後に玉砕したのは、もうひとつの山のほうであろう。島の端から端までがくっきりと見えている。慰霊団の人たちはその眺めと向き合っているが、老人たちの息子が実際に硫黄島で死んだのかどうかはわからない。また、壮年の男たちが硫黄島で生き残ったのかどうかもわからない。が、その如何にかかわらず、彼らは航海の行手に現れる戦死者の霊すべてに頭をさげるつもりなのにちがいない。

この先彼らは、サイパンでもグアムでも、同じようにひっそりとした慰霊祭をくり返すはずだ。クルーズの十二日間が、長い静かな巡礼の旅になるわけだった。日本の領海の外へ出てはじめて、慰霊団の静けさが目立って生きてくるようだった。そんな現実感がようやくはっきりし始めた。

慰霊祭がいつ終わったのかわからなかった。いつの間にか、下のデッキの人の姿が見えなくなっていた。だいぶたって、さっきの荒木良一が階段をあがってきたが、彼はひとりの老人と一緒だった。老人は少し左足を引きずるようにして、階段を登るのは遅かったが、元気そうに何か冗談を飛ばしながら笑っていた。

「やあ、また会いましたね。どうですか、ビールでも飲みませんか」

荒木は老人の笑い声を振り切るように、和生を見て誘った。

ラウンジへ行くことにした。荒木はラウンジで腰をおろす前に、ふと改まり、老人を指して意外なことを言った。

「じつはわたしの父親です。たまたま同じ船に乗っています」

老人は顔をまっすぐ和生に向け、いったん目を据えてからあらためて笑顔を浮かべた。鼻筋がとおった浅黒い顔と細身の体がたしかに似ている親子だった。

老人が慰霊団のひとりなら、身うちのだれかが戦死したのにちがいなかった。が、和生はすぐにはそのことに立ち入れない気がした。何か質問のかたちで話しかけることがしにくかった。ただうなずくように頭をさげただけだった。

だが老人は、いま終わったばかりの慰霊祭のことを何か言いかけながら、ほとんど哄笑するように笑って顔をくしゃくしゃにした。静かな慰霊団の一行とは違う妙な明るさがあった。彼は自分から先にテーブルにつき、消えない笑顔を海の光にさらしていた。

息子の荒木は父親の哄笑のあと、別の調子で話し始め、クルーズにひとりで乗っている和生のことを聞き出そうとした。

「僕はじつは勤めをやめたところなんです。それでいま、観光客になっているんです」

和生はそんなふうに説明しなければならなかった。

「時どきメモをとっておられましたね。何かお書きですか。それならたぶんわれわれと同じだ」

「手帳にメモをとる観光客ってわけです。でも、皆さんは大手の記者さんらしさがはっきりとある。すぐにわかりましたよ」

「人数が多くて、目立ちますよね。なぜこんなに多いのか」

「新婚旅行客にでもまぎれ込めればよかったですね」

「この船、そういう人たちはほとんどいませんねえ。その点、ちょっと意外で」

「結婚式のあと十二日も休みをとるわけにはいきませんからね」

「だから、もの書きばかりが乗っているってわけだ、ハハハ」

それにつづけて、荒木は父親も戦前新聞記者だったことがあるのだと言った。当の父親は、西日を受け渋紙色に光る顔から笑いを消したまま、端然としていた。なるほど、ジャーナリスト親子かと和生は思い、それは何となくわかりやすい気がした。

老人が戦前新聞記者だったのなら、戦時中は召集されて、サイパンかグアムへ動員されたのだろう、と考えてみた。が、彼にはなぜか慰霊の旅に出る人の神妙な感じがなかった。息子の話を聞くうち、父親は直接慰霊団とは関係がないことがわかった。彼は和生と同様、クルーズの広告を見てひとりで船に乗ったのだという。さっき息子が、たまたま同じ船に乗っていると言ったのも、必ずしも冗談のつもりではなかったらしい。

「若い人は当然飛行機なんだろうけれど」と、老人は口を開いた。「わたしはまだ飛行機には乗ったことがない。昔はいつも船の旅だったから、またこんなのに乗ってみたんだが」

「いまどき珍しいと思って、僕も乗りました。はじめての船旅です。でも、この船はちょっと古いようですが」

和生が言うと、息子の荒木は父親の答えを促すようにそちらを見た。

「これは戦前の船だね。昔はたしかにこんなのに乗っていました。ヨーロッパ航路だって、これより少し小さいくらいだったかもしれない。だから、嵐が来ると大変でしたよ」

老人はいつの間にか、戦争のことより戦争前のことを話していた。戦没者慰霊祭の空気からはあっさり離れてしまった。

息子が話を補ってつづけた。父親の記者時代は三年足らずだったこと、記者をやめてフランスへ私費留学したこと、経済学を学んだこと、記者時代よりフランス時代のほうが長かったことなどがわかった。ドイツがポーランドに侵攻して第二次大戦が始まるまで、彼はパリ大学に在学し、そのころの勉強を戦後に生かして定年まで働いたのだということだった。

戦時中の話が出てこないまま、和生は頭を戦前に切替えるのに少し手間どった。戦前の留学生も新聞記者も、和生の身うちにはいなかったから。和生の記憶は太平洋戦争とともに始まっていた。戦後の経済については、船の上で話を聞こうとも思わなかった。どんな経済学だったかも、特に聞き出そうという気は起きなかった。

戦前の裕福な家の息子の洋行を思ってみた。洋行と航海はすぐにつながった。が、若い彼が乗ったのがこんな船だったとして、いまの船内に過去の空気が見出せるわけでもなかった。いったん戦争をはさんでしまうと、その前の時代はことさらに遠く見えた。

ただ、洋行という古いことばには親しみがあった。そのぼんやりした親しさを思い出していた。戦争前という、もうひとつの世界から来たことばだった。和生はいま船の古くささを目にしながら、単に海へ出ていくというより、ひたすら欧米の先進都市へ向かった時代の船旅を思った。

老人はパリ時代に、休暇を利用してニューヨークへ渡る船旅をしたこともあると言った。和生はその話を聞きながら、あらためて遠い昔が目の前の海にひらけるように思った。自分が知らずにきた過去の世界の旺んな船の動きが、その全体が、実感できそうな気がしてきた。

「おやじは客船の時代の生き残りですよ。いい時代があったんですよ」

と、息子がやさしげなことばを加えた。何か父親をいたわる理由がある、といった調子だった。

「戦争の生き残りでもあるからね。さっき同じ生き残りの顔を何人か見てきた」と、老人は途中からシニカルな口調になった。そして、こんなふうに語り始めた。

「顔は見たけれど、しかし話をしたわけじゃない。いまさら軍隊の話なんかしたくはないからね。生き残り同士、つまらん話はするもんじゃないですよ。あんたのような若い人に、戦前の話でもしたほうがいいだろう。ドイツが戦争を始めて、パリの日本人は皆帰国させられることになって、何と馬鹿なと思いましたね。じつに、じつに残念だった。ところが、二年後には日本も開戦ですからね。わたしは馬鹿な、馬鹿なと言ったんだが、まわりは全然違っていました。開戦にほとんど浮き立っていましたよ。二年前までパリにいたわたしの言うことなど通らなくなっていた。洋行なんかするからそうなる、と言われたもんです」

荒木氏は思わずしゃべりすぎたという顔で話をやめ、照れ隠しのように笑うとビールをぐいと飲み干した。彼が外国でも国内でも長く飲み馴れたビールのはずだった。戦没者慰霊団の老人が二、三人ラウンジへ入ってきたが、荒木氏はろくにそちらを見ていなかった。


航海は四日目になり、すっかり暑くなった。北回帰線を過ぎ、マリアナ諸島に近づきつつあった。和生は半裸になって陽を浴びることにした。小さなプールがあるが、泳ぐ気にはなれずにいた。プールのへんへ水着で出ているのは若者だけで、年配者の姿がなかった。荒木氏父子は、朝食時に食堂で会ったきりで、暑いデッキには現れなかった。

和生はデッキ・チェアに長くなり、売店で買った麦藁帽子を顔にのせて陽を遮りながら、きのうの荒木氏の話を思い返していた。「生き残り」と言っていたから、彼も戦時中兵隊にとられていたのにちがいない。が、いま見る限りもはや老人なので、慰霊団の壮年男性とは違って、若い兵隊ではなかったはずだ。当時のことばでいうとすでに「老兵」だったのだろう。大学を出て新聞記者を三年、その後パリでそれ以上の年月を過ごしたのだとすれば、帰国のときは三十歳近くになる。戦前の恵まれた育ちの青年が、開戦後しばらく、幸いにも兵士にならずにすみ、最後の最後に兵隊にとられて終戦を迎えたということではないだろうか。

米軍の大部隊がマリアナ諸島に迫り、サイパン島に上陸するのは昭和十九年六月のことである。グアム島とテニアン島の上陸が同年七月、少し間をおいて硫黄島上陸が昭和二十年二月である。日本が敗戦に向かう最後の一年余りの時期、三十代の荒木氏がこの海域へ動員されたというのは十分にあり得ることだ。

それにしても、このへんの海の世界は、日米の大軍同士が正面切って対峙した最前線だったのだ。戦闘自体すさまじいものになったことは、戦後さまざまに語られ、知らされてきた。和生はそれらの話をいちいち再生させる思いのなかに荒木氏をひとり置いてみた。が、どんな幸運によって彼が生き残れたのか、ほとんど想像のしようもなかった。

そのとき思い浮かべようとしていたのは、当時の一インテリ老兵の姿である。開戦を知って「馬鹿な、馬鹿な」と思いながら、結局最下級の二等兵として出征することになった留学帰りの青年の姿である。彼は「洋行なんかするから」孤立して妙な存在になる、と人に見られるところがあったのにちがいない。彼自身、自分の青春をわけもなく恥じるような思いで、一老兵たることを受け入れたのだろう。そんな青年の姿が、いま老人になっている荒木氏から浮かんでくる。かなりはっきり見えてくる気がする。

日本軍の玉砕つづきの戦場で、もし荒木青年が奇跡的に生き残ったのだとしたら、それがどういうことか考えてみなければならない。当時捕虜になったりして敗けいくさを生き延びた兵士の立場がどんなものだったか、いま正確に想像するのはむつかしい。自分のことを平然と「生き残り」と言えるのかどうかもわからない。が、少なくとも現在荒木氏は、この船の上で慰霊団のことを言いながら呵呵大笑することはできないはずではないか。彼のことばの端々にうかがわれるシニシズムも、たぶん慰霊団の人に向けるわけにはいかないだろう。

そう思ってみると、事実はおそらく違うのだとも考えられる。荒木氏がほんとうに玉砕の島で生き残ったとは思えない気がしてくる。彼にはまだなまなましいはずの惨劇の跡地へ、これから向かおうとする人らしくないところがある。サイパンにせよグアムにせよ、この船が向かう戦跡は、もしかして彼とは直接関係がないのかもしれない。彼自身がそこで戦ったわけではないのではないか。南洋の戦場の惨劇と荒木氏とを、簡単に重ねすぎてしまったようにも思えてくる。

ともあれ、彼は他の若い兵士たちとは違う老兵として、どこかの戦場を駆けまわったのだ。

彼のシニシズムは、「洋行」を含む青春期にその源があるのにちがいない。故国で一介の兵士にさせられる前の、人より長い彼の青春期を思ってみなければならない。和生は麦藁帽子の蔭で日射に耐えながら、戦前の世界を思い、それが客船の時代だったのなら、昔の船を思おうとした。その船に比べて、いまの船の世界はたぶん貧しいものになっている。目に映るものがいちいちくすんだ、艶のないものに見える。この船も戦前からの生き残りのようだが、いつしか過去の厚みが洗い流されて、すっかり裸にされ、ただ古ぼけているというふうに見える。

午後になってから、和生は船内をひとまわりし、ラウンジへも行ってみた。船のなかで、行きたいところといって、もうほかになかった。ラウンジでは、きのうの席のあたりに荒木氏父子がいて、ビールを飲んでいた。

和生が入っていくと、息子のほうが伸びあがるようにして手を振った。父親荒木氏も、「やあ、来たか」という顔でうなずいた。和生はそれまでひとりでいたあいだの日焼けで、顔が火照るのを感じながら近づき、荒木氏と向き合って腰をおろした。

「もう四日も船に乗ってますが」と、荒木氏のわきから息子が言った。「さすがに長いですね。朝から東京の街を駆けまわらずにすむのはありがたいんだけど」

「この船には何もないね」と、父親がぶっきらぼうな調子で言った。「よくも悪くもシンプルだね。メシも昔のほうがぜいたくだった」

「戦時中に軍用船にされて、まだちゃんと元へ戻っていないんでしょう。お父さんの時代はまだまだ戻らない」

「わたしは南洋は知らないけれど、この船はこちらの航路だったんだろうか。たしかに戦前、こちらへ出てくる日本人は多かったんだ。サイパンは、はじめ山形県人ばかりで、それから沖縄の人がたくさん入った」

和生は、荒木氏が南洋を知らないと言うのを耳にとめ、はっとしながら、その先の話を待った。が、彼はそのあと黙って、しばらく海の光のほうへ顔を向けたままになった。

「子供のころ、南洋ということばはよく聞いたものですが」と、和生は言った。「そこがどんなところか、いい加減なイメージで考えていました。あの戦争が、こんなにきれいな海の世界で戦われたというのも、来てみなければわからないことでした」

「サイパンの地上戦で日本人住民は半分以上死んだんだ。一万人以上だよ。が、アメリカが上陸してくる前にここの海に沈んだ者もいた。住民の引揚げが始まって、船で本土へ向かったんだが、何隻もアメリカの魚雷にやられて沈没した。最初に出た船では五百人近く死んでいる。そのことはあまり知られていないだろう。軍と一緒に玉砕した民間人がたくさんいた話は有名だけれど」

荒木氏は頭のなかに整理してあることを話す調子でそこまで言うと黙った。シニカルなところはもうなかった。息子がそのあと、何やかや説明してくれた。

戦前サイパンに渡っていた荒木氏の母方の親戚数家族が、日本へ引揚げる際、船と一緒に沈んだのだった。彼らは山形県の出身で、荒木氏は広島育ちなので、親戚同士のつき合いはほとんどなかったというが、それでも老人はその話をしながら黙りがちになった。

親戚の数家族は昭和のはじめごろサイパンへ移住し、ガラパンの町で薬局や自転車屋をやっていたのだという。戦争が始まったころ、小さなサイパン島に三万人以上の日本人がいたらしい。開戦後も住民たちは、そのサイパンの地がいずれ日米戦の最前線になるとは思ってもいなかったのだ、と息子は船に乗る前に調べてきたことを教えてくれた。

「わたしもね、サイパンのことを知ったのは戦後になってからですよ」と、父親は再び話をつづけた。「軍隊にいたころは何も知らされなかったし、親戚とはいえ、サイパンへ移住した家のことはよく知らなかった。何だか遠すぎる話だったからね。山形は遠いし、サイパンはもっと遠かった。同じ南洋でも、もっと有名な島がいくつもあった。わたしは復員してから、はじめて引揚げ船沈没の話を聞きました。死んだ者の顔もほとんど思い出せなかったけれど」

「親戚が乗っていた船はあめりか丸という名前でね、戦前の豪華客船ですよ。それがアメリカの潜水艦にやられた」

と、息子が笑ってつけ加えた。荒木氏の口は滑らかになっていた。

「アメリカは空爆と艦砲射撃で町を壊滅させてから上陸してきた。住民はみんな山へ逃げたんだね。日本軍玉砕までのひと月ほど、山地を逃げまわって最後に自決したりした。その前に引揚げ船に乗った者も、たぶん半分以上は海に沈んでしまった。日本の連合艦隊がこのへんの海を守ってくれていたはずなのにね、そうではなかったわけだ。山へ逃げた住民は何万人いたのか。それがそっくりとり残されて、結局援軍は来なかった」

「それにしても、意外に住民の数が多くて、町もかなり大きかったってことに驚きます」と、和生は言った。「はじめて知ったことです。サイパンは硫黄島と同じくらいの島だと思っていたもので。精糖業はともかく、島に薬局も自転車屋も、何から何まであったとは想像していませんでした」

「それはわたしらも同じようなものでしたな。アメリカでB29がたくさん作れるようになって戦局が変わった。それを知らずに日本軍はいろんな島で玉砕したけれど、最後に小さなサイパンをとられて、それが決め手になったんだね。あそこをとられてから、日本全土が徹底的に空襲されて、あんたもそれは知っているでしょう。そのころはもう小学生でしたかね？」

荒木氏はなお、サイパンがあんなことになるなど住民が想像できなかったのは、軍が完全に負けていることを知らなかったからだし、軍がまた自分が追いつめられていることを知らなかったのだ、そんな戦争だったのだ、と言って話を切りあげた。

その日が暮れてから、夕食のあと、和生はマスコミの人たちと話すうち、荒木氏の息子とまた一緒になっていた。二人で甲板へ出て、夜の海を眺めた。

息子は父親のことを話し始めた。父親は海軍の教育部隊にいて、終戦まで一年近く、ずっと国内勤務だった。海外の戦場を駆けまわることはなかった。大学出の多い特殊な班にいたが、すでに三十五歳、妻帯者の老兵だった。まわりの兵隊は十歳以上若くて、やがて将校になる者もいたのに、父親は上等兵どまりで、それ以上昇進しなかった。そんな経験だったようです、と息子は言った。

和生は船の旅はもう四日目だ、と再び思いながら話した。

「しかし、これはたいへんな距離ですね。こうして船に乗っていると、距離のことばかり考えてしまう。サイパンからこんな距離を船で引揚げるのは、まったく容易なことじゃない。当時は輸送船だと八日もかかったというから、そのあいだに何があっても不思議ではなかったでしょう。あの戦争は、実際に、距離を制圧する戦いだったってことがよくわかりますよ」

「僕もこれまで沈没船のことなんか知らなくってね。山形の親戚の話もほとんど聞いたことがなかった。そういうことがわかってきたのはつい最近です。それとこのクルーズの話がたまたま重なって、また何やかや調べたりして」

「サイパン引揚げの話は記事になりませんか。国内の取材で、生存者を探して歩かなきゃなりませんね」

「そうね。まだ何も考えていないけど、ともかく現地を見てからですよ。それより、じつは親父が言わなかったことで、もうひとつあるんです。それは山形じゃなく、広島のほうの親戚の話です。親父はそちらをずっと気にしていました。親父の甥にあたる青年が満州の戦車隊にいたんです。関東軍です。その戦車隊がはるばるサイパンへ転進ということになった。山形の親戚が島からいなくなったあとに、今度は広島の甥がサイパンへ送られた。まったくの偶然ですがね」

戦車隊はソ連との国境近くの村を出発して朝鮮半島を南下、釜山から船で瀬戸内海、神戸、横浜を経由し、米軍がサイパンへ上陸する二ヵ月前にようやくサイパンに着く。「とてつもない距離の移動ですよ。しかも八百人近い戦車隊です」と、息子の荒木はあきれたように声をひそめた。「寒帯から熱帯へ、日本軍の断末魔を思わせる大移動だ」とも言った。

そのあげく、当時二十三歳の青年は、島の山地へ戦車を乗り入れて戦い、幾日もたたずに死ぬことになったのだという。広大な北満の原野でソ連軍と戦うはずだった関東軍が、南洋の孤島へ送り込まれ、窮屈な山地の戦闘でたちまち玉砕に追い込まれたのだ。青年は志願兵で、満州で二年も寒冷地の訓練を積んだあげくの転戦だった。

その青年のことを息子は前から聞かされていた。広島の親族のあいだで有名だったが、父親はひとまわり年下の甥の話をあまりしたがらなかった。可愛がっていた甥だったし、甥も父親に馴ついていたので、自分が長くフランスにいたことを後悔しかねない、つらい気持ちが残ったのだ。歳をとるにつれ、サイパンを見たいという思いが強くなったようだ、と息子は言った。

戦前父親は、東京へ出て新聞記者の暮らしになり、育ち盛りの甥とめったに会うことがなくなった。三年後、今度はフランス留学に発ち、中学生になっていた甥とはいよいよ離れてしまう。そしてヨーロッパに長居し、帰国すると、甥はすでに志願して軍隊に入っていた。世界の戦争が激化するなかで、もともと相性のよかった父親と甥は、結局もどかしく行き違うような生を強いられることになったのだという。

　夜の海の空高く月が昇っていた。いかにも明るい月で、和生はその月光の下を日本軍の無数の艦艇が南へ下りつづけるさまを思い描いた。満州から転進して大移動させられる艦艇の群れだった。その広い眺めのなかで、魚雷攻撃で沈んでいく船があちこちに見えてくるように思った。魚雷の白い航跡が月光に光るさまが目に浮かぶようだった。

「明日の朝はようやくサイパンだ。入港は九時」と、和生はぼんやりつぶやいた。「戦時中の船は八日もかかったんでしたね。はるばる北満から来れば、ほとんど地球の裏側へまわり込むようなものだったかもしれない」

「それはわれわれにとっても同じようなものでしょう」と、息子の荒木は船の行手の闇に目を据えながら言った。「東京の仕事を離れて、これだけ時間をかけた先には何があるのか。地球の裏側がますます美しくなるようだ。でも、それが何なのかわからない気がする。その眺めにもやがて飽きてしまうんじゃないですかね」

　彼はそう言って父親に似たシニカルな笑いを浮かべ、父親がもう寝ているはずの船室の方へ歩きだしていた。

第八章　サイパン

朝はきれいに晴れ渡り、甲板へ出ると、横に長く伸びた緑の島が見えた。すでに船は止まっていた。サンゴ礁が見え、白いヨットが一艘浮かんでいる。真青な海の朝が静謐《せいひつ》そのものである。

船が動かずにいると、熱帯の紺青の世界にはまり込んだようになる。風がなく、鳥も飛ばず、動くものが何もない。ただ、一面に澄んだ光を浮かべた凪《な》いだ海がどこまでも拡がっている。どことといって瑕疵《かし》のない広大な美の画面に、しばし釘づけされているというふうである。

船が動きだし、港へ近づくにつれ、平たく見えていた緑の丘が、少しずつ山らしいかたちに持ちあがってきた。あれは日米両軍が死力をつくして戦い、住民が逃げまどった山にちがいない。が、いまはまだ遠くて、山頂らしきものがわずかに認められるようになったにすぎない。

サンゴ礁に囲まれた浅緑色の内海へ入ると桟橋が近づいた。船が止まってから、下船の行列が進みだすまでかなり待たされた。下船後何台かのバスに分かれて、半日島内をまわることになっていた。

マスコミや慰霊団の人たちとはバスが別で、和生らのミニ・バスは個人客が一人、二人とばらばらに乗り込んだ。カナカ人の男性ガイドも乗った。バスが走りだしてから、和生はすぐにも町が現れるのを待ったが、町は一向に現れなかった。木々と灌木の緑がつづいた。どこまで行っても、生い茂る緑がすべてだった。そのことにほとんど意表を突かれる思いがした。

昭和十九年六月十四日、空襲と艦砲射撃によりガラパンの町は壊滅する。西の沖合いには、米軍の艦艇が壁のように、山脈のようにびっしりと連なっていたという。翌十五日、米軍は水際の激戦の末に島南端のチャランカノアに上陸する。日本の守備隊は後退をつづけ、ガラパン背後のタッポーチョ山の洞窟にひそんで抵抗することになる。その執拗な抵抗に米軍は手こずり、三日間ほとんど前進できず、師団長が更迭されるということがあった。

そのあいだ、住民たちは山地をさまよった。あげくに東海岸沿いに北へ逃げ、日本軍もまた北へ北へと追いつめられていく。そして七月七日、最後のバンザイ突撃を敢行して玉砕、軍に従っていた何千人もの住民が、北端のマッピ岬の崖から身を投げ自決することになった。

和生の乗ったバスは、まずその自決の地、いわゆるバンザイ・クリフへと向かった。道ばたの小屋や屋台のほか町というものがなかった。どこまでも緑のなかを行くばかりだった。戦争のころ、チャモロ人やカナカ人の島民が数千人いたというが、いまその人たちがどこに住んでいるのかもわからない。

　和生はバスのなかで、ガラパンの町はどこへ消えてしまったのか、とカナカ人のガイドに聞いてみた。ガイドは達者な日本語で、ああ、それはね、と答えてくれた。戦後、アメリカが焼跡の地面をきれいに馴らして、ハワイ原産のタガンタガンの種を飛行機で撒いたんですよ。ほら、そこにあるネムに似た木ですよ。島じゅう同じ種を撒いて、それで昔のことはわからなくなってしまった。すっかり変わりました。まだ当時の遺骨がたくさん埋まっているはずなんですがね。

　日本統治のころ、サイパンにはすでに実業学校や高等女学校があり、ガラパンの町には劇場や映画館があった。料亭や遊郭もあったということだ。荒木氏の親戚の薬屋や自転車屋ばかりではない。ラジオ屋、パン屋、和菓子屋、本屋、洋服屋、時計屋、コーヒー店、百貨店等々何でもあり、「ガラパン銀座」と呼ばれる通りがあった。

　そのガラパンの町は、空襲と艦砲射撃で壊滅したあと、上陸した米軍と守備隊とのあいだで、五日間も市街戦の場になったのだという。米軍は日本兵がひそむ残存家屋を一軒一軒焼き払ったといわれる。その焼跡が、背後の山から雪崩れ落ちたような一面の緑に埋まってしまっている。ただ一本の広い道が北へ向かっているばかりだ。たぶんその道も、昔の製糖会社の砂糖キビ運搬用の鉄道線路をはがした跡にちがいない。

　荒木氏の甥がいた戦車隊は、どこをどう走りまわっていたのだろうか。サイパンの最高峰タッポーチョ山の戦闘で、戦車隊は山頂付近まで登っていたというが、そんなことがあり得たのか。山頂陣地の争奪戦のあと、この鬱蒼たる緑の山に、甥の青年も戦車も埋もれているということだろうか。

バスが三十分も走ると、はや島の北端の岬へ登り着いていた。昔日本軍の飛行場があった平地が拡がっている。バスをおりてガイドについて歩き、崖の上へ出た。カナカ人のガイドは、ここがバンザイ・クリフだと言うだけで、あまり説明をせず、ことば数が少ない。彼はがっしりした体をまっすぐに立てて海に向かい、太い腕を伸ばして、むこうが本土です、と言った。

ここの海に環礁はなく、崖の下には白い波がくだけている。緑の台地がまっすぐ切り落とされたような崖である。本土のほうからはるばる援軍が来ることもなかった広大な海の青がひらけている。

あくまで軍を頼ってついてきた民間人が、ここから身を投げることになったのだ。日本軍とは別になり米軍に投降した者も少なくなかったのに、ここで自決した何千もの民間人がいた。女性や子供がたくさんいたらしい。彼らは一昼夜にわたって絶え間なく次々に飛びおりたということだ。「ガラパン銀座」からここへたどり着いた人もいたはずだが、荒木氏の親戚の薬屋や自転車屋は、そこまで追いつめられない前に、このむこうの遠い海に沈んだのだ。

バスの客には若いカップルが何組かいたが、気を呑まれたように声がなかった。彼らばかりでなく、二十人足らずの客全体がひっそりとしていた。断崖の端に立ちつづけていると、やがて自分たちも同様に追いつめられかねないといった思いにとらわれかけた。するとガイドの男が、手を合わせる人はだれもいないんですね、とつぶやくように言うのが聞こえた。

帰りのバスのなかで、彼は調子を一変させて、これから向かうホテルの食堂の話を始めた。そこのカツどんや親子どんぶりが有名で、われわれ島民も大好きなのだと言った。パンじゃ腹がもたない、御飯じゃなきゃだめです、ともつけ加えた。バスのなかは少しずつ賑やかになった。ガイドのうまい日本語に乗せられ、笑い声が増えていった。バスは岬から駆けおりてもとの低地の道を走っていた。

ホテルに着く前に、昔の製糖会社が残した小さな蒸気機関車のある広場に寄った。白い砂地の広場のまん中に、赤い機関車が一台ぽつんと据えてあった。過去の遺物といえばこれだけだ、といわんばかりに。製糖会社はサイパン島をほぼひとまわりする鉄道を敷設し、島じゅうの砂糖キビを集めて運んでいた。戦争で鉄道も町も製糖工場もすべてなくなり、跡地はブルドーザーで馴らされて、いまやまったく別の土地に変わっているのだ。戦闘の遺物さえ、とっくに熱帯の森に埋もれかけているのにちがいない。

ホテルはビーチを前にした簡素な平屋建てだった。芝生の前庭が広かった。バスの客たちはそこに拡がり、ばらばらに腰をおろしてビーチを眺めた。環礁のなかの若草色の海は浅くて、どこまでも歩いていけそうだった。

若いカップルたちはさっそく海に入ろうとし、ガイドについて着換えの場所を探しにいった。中年の客たちは動かなかった。このあと特に見にいく場所もないようなので、たしかにビーチへ出ていくしかないのかもしれなかった。

ホテルで早めの昼食をとる人たちもいたが、和生はビーチへ出て、ヤシの実売りの男から大きな実をひとつ買い、穴をあけてもらってなまぬるい果汁を飲んだ。水着になったカップルたちは、ようやく思い思いの声をあげ始めた。その声が若草色の水のおもてにはね返るようだったが、見渡してみても海に入っている人はほかにいなかった。ビーチに物売りはいてもひと気がなく、走りまわっているのは三組の日本人カップルだけで、海は一面静かだった。近年観光客が増えてはいても、戦跡めぐりも海辺のレジャーも、まだ十分人を呼んでいるとはいえないようだった。

ホテルのほうへ戻ったとき、別のバスが着いて、日本人が大ぜいおりてきた。そのなかに荒木氏の親子がいた。彼らもすぐに和生に気がついた。老人の左足を引きずる姿が目立っていた。

和生は二人とまた話がしたかった。ホテルへ入って、一緒に昼食をとることにした。簡素な食堂は日本人でいっぱいになった。和生はガイドから聞いた話を伝え、三人そろって親子どんぶりと味噌汁をとった。荒木氏は半分あきれたような顔をしながら食べ始めた。

荒木氏らのバスは、特に注文して、南のチャランカノアや飛行場のへんまで行ってもらったのだ、と息子が言った。チャランカノアは戦後の町が何とか出来かかっていたという。日本軍が奪還に失敗した飛行場は、その数カ月後、B29が東京爆撃のため飛び立ったところだった。息子の仕事のためにも、それは見ておかなければならないのだった。

荒木氏は息子に言われて、多少はにかみのようなものを顔に浮かべて、戦車隊の甥の青年の話を始めた。じつはそのことがあってわたしはサイパンへ来ることになったのだが、自決した戦車隊のことなど、ここまで来たって何もわからない。もちろんそれは当然でしょう。それはわかっていたのですが、と言った。

「しかし、これほど何もかもなくなっているとは、驚きましたよ。戦争でそれまでのすべてが強引に消されてしまったということだ。それは何とも野蛮なことですな。日本統治の三十年がきれいさっぱり消えている。つまり、戦車隊が満州からやってきたころのサイパンが全部消えてしまった。なるほど、この親子どんぶりと味噌汁が残っているというわけか、ハハハハ。われわれのガイドはチャモロ人で、彼の日本語も立派に残ってはいたけれど、やがてあれも消えてしまう。むしろ食べもののほうが残るのかもしれないね。………それにしても、わたしはまったく驚きましたよ。想像できないことではなかったのに、現場を見てほんとにがっかりしてしまった。わたしは南洋を知らなかったから、少しは何か知りたいと思ったんだが」

たしかに荒木氏はどこか虚脱した様子だった。それを正直に語ってくれているのがわかった。が、息子は父親が正直すぎるのを幾分恥じるように、和生らのバスが行かなかったチャランカノアのへんで見てきたことを話した。飛行場からは海をへだてたテニアン島がよく見えた。あんなに近いとは思わなかったから、見たとき思わずぐっと来ました。何しろたった四キロですからね。

息子はそこで黙って、その先、話をつづけなかった。原爆を積んだ「エノラ・ゲイ」が飛び立ったテニアン島である。しばらく忘れていたが、荒木氏父子は広島の出身なのだ。そういえば、彼ら自身原爆被害はなかったのかどうか、はじめて疑問が浮かんできた。

荒木氏は、息子が黙ったあと、また甥の話に戻っていた。

「ヨーロッパから帰ってみると、日本社会の空気が変わっていて、驚いたものです。甥は知らぬ間に志願して陸軍に入っていた。そんなことは想像もしていなかった。わたしはずっとパリにいたんですからね。ずいぶん違う空気のなかにいました。でも、パリもその後、ヒットラーのドイツにあっさり占領されてしまう。わたしも最後の最後に、日本で召集されましたがね。その前にわたしの甥は満州へ渡って、戦車隊へ入れられてしまった。精鋭部隊だとかで、酷寒の地で猛訓練を受けて、あげくにこの暑い島へ来ることになる。まだ実戦の経験はなかったはずだが、わたしよりはるかに優秀な兵士になって、人間も変わっていたことでしょう。彼にとってサイパンの何日かがはじめての実戦だったわけです。戦車隊はここでなかなかよくやったと書いている人もいる。簡単に玉砕したわけじゃないと思いたい」

荒木氏は、自身の軍隊経験も原爆のことも何も語らないが、甥のことはますますくわしくなっていった。船では黙っていたことがいっぺんにあふれ出した。おそらく息子相手ならこんなに話せないのではないか、と和生は聞きながら思った。

「じつは、辛うじて生還した日本軍兵士が残した記録があります。アメリカの従軍記者の書いたものもある。それによると、戦車隊がここで何をしたかはだいたいわかる。わたしはそういうものを読んで、甥のことを考えてきました。いま現地にいて、もっとわかってくるものがあるかというと、観光客の身でろくに動けないし、何もわかりませんね。ともかく、太平洋の米国海兵隊が受けた最初の大きな戦車攻撃とされるものがここであった。さっきバスでたしかにそのへんも通ったんだが、何の形跡もないようでした」

しかし和生は、戦場で戦車隊がどういう働きをするものか、ろくにわかっていなかった。戦術の想像もできなかった。が、荒木氏は実戦の経験はなくても、戦車攻撃というものをくわしく語ろうとした。米軍上陸二日後、日本軍がすでに劣勢になってからの、オレアイの戦闘の話になった。

「日本軍は夜襲が得意だったが、アメリカはそんなことは十分承知で、照明弾や信号弾をボンボン打ちあげる。アメリカの物量作戦というのは凄いものでね、夜が真昼のようになって、日本軍の動きはすっかり見えてしまう。そこへすさまじい集中攻撃を浴びせる。海辺のオレアイの戦闘のとき、戦車隊の拠点は山むこうにあったといいます。そこからオレアイのほうへ稜線を越えると、こちらは一変、真昼のような明るさだ。戦車隊はそこへ雪崩れ込んでいった。結局ナパーム弾の餌食になり、ほぼ全滅したわけです。わたしの甥が死んだのもたぶんそのときのことでしょう。昼間は猛烈な空襲と艦砲射撃で動けずに、夜になって動けばそんなことになる。南洋のどこの戦場でもそんな具合だったようですな」

和生はよくわかる講義を聞くような気持ちになっていた。過去が埋められてしまったサイパンを、いま見てきたあとの雄弁にちがいなかった。むなしさの底からことばが次々湧いて出るのがわかった。

「戦車隊の陣地というのは、山のむこう斜面を掘って作った洞窟でね、寒冷の地から来た兵隊たちは、この暑い島の洞窟づくりに苦労したんですな。アメリカが上陸する前に立派な陣地を作ったんだが、その労働がきつくて長かったらしい。南洋の日本軍は、どこでも苦労して洞窟を掘って戦争をしたんです。その洞窟から夜襲に飛び出していったわけです。そのあげくに、あっという間にアメリカの物凄い火力にやられてしまった。それでも、サイパン戦で生き残った兵士はかなりいた。彼らは山地を北へ北へと逃げた。山にはもともと小さな洞窟がたくさんあって、彼らはそこに身を隠しながら逃げることになったようです。その山はいまも昔と変わらず洞窟だらけなのかどうか。もしそうだとしたら、いまその洞窟はすべて空っぽということになる。アメリカがこの島を占領したとき、あらゆる洞窟は日本の軍人と民間人の死体で埋まっていたということだけれど。………」

荒木氏らのグループが動き始めた。またバスでどこかへ行くらしかった。荒木氏はあわてて席を立ち、「われわれは要するに観光客なんだから、少々動いても何もわかりませんがね」と言い足して笑い、息子と一緒に出ていった。左足を少し引きずる姿が、変にあわてた感じになるのが気の毒だと思った。

和生は芝生の前庭へ出て、またビーチのほうへ行ってみた。女性が二人いて、カナカ人のおじさんから砂糖キビの皮をむいてもらって食べていた。一人は船のバンドのボーカルで、もう一人はさっき海に入って男と一緒に声をあげていた娘だった。

和生も砂糖キビを長い刃物でむいてもらった。それをかじりながら、やがて話しかけていた。

「いつの間に女二人になったんですか。前からのお知り合い？」

「いいえ。男はさっさとどこかへ行っちゃったもんで」

水に濡れた髪をまだそのまま光らせている娘が言った。黒髪が熱帯の陽光で見る見る乾いていきそうだった。

ボーカルの娘は、水に入った様子もなく、島で買ったヤシの葉で編んだ帽子をかぶり、リゾート用のワンピース姿で、すっきりと乾いてビーチに立っていた。

「女二人で楽しそうだ。気分が変わっていいでしょう」

「やっぱり船が長かったですから。サイパンでやっとほっとできたところ」

男と二人で船に乗った娘が言い、ボーカルの娘も同じようなことを言った。

「あたしたちのバンドも、船ははじめてで、だんだんおかしくなってきてるみたい」

「バンドがおかしくなったら困るじゃないの。でも、旅が長いとたしかに人変だ。男ばかりのなかに女ひとりで」

和生は、バンドで歌う人らしくもない彼女の素人娘らしさに気づいていた。ふつうのお嬢さんのままバンドに加わったことが想像できた。彼女は容姿が清楚なのに、舞台で見せるための濃い笑顔を覚え、腹の底から太い声が出せるのだった。

「船のなかは静かだったし、サイパンも静かですねえ。意外でした」

「そうね。慰霊団もいることだし。それで、君たちのあいだで何が問題になっているの？」

「音楽がちょっと合わないって思いません？　皆さん知らない曲が多いみたいだし。船もサイパンも何だか世界が違うみたいで」

「君たちはそんなことは気にせずにやればいいのさ。サイパンだって、アメリカ人がいればまた違うんだろうけど。ともかくこの島は、ちょっと人が少なすぎるようだね」

もうひとりの女性は、男と二人の船旅について、半分照れ笑いを浮かべながら話した。激しい日光のもとで表情がよく動いた。彼女の気強さが顔に出てきた。

「四日も海の上にいると結構たいへん。せっかちな男がおかしくなって。三日目からは喧嘩よ。あたしたち、慰霊団の人たちのそばで喧嘩していました」

「さっきは海ではしゃいでいたから、新婚旅行かと思いましたよ」

「そんな人たちと一緒にしないで。あたし、先月会社をやめたばかりなの。でも、コトブキ退社なんかじゃないんですから」

「そうか。退職祝いの船旅ですか。それはよかった」

「退職金みたいなものがちょっとだけ出たから船に乗ったの。男を誘ったら、彼もすぐ話に乗ってきて」

「なるほど。彼のほうも海へ出て、何かせいせいしたいものがあったんでしょう」

「それで、両方ともせいせいして、せいせいしすぎてぶつかっちゃうのかな」

「だから、新婚さんがはしゃいでいるように見えたわけだ。元気すぎる新婚さんだった。しかし、彼はもう帰ってくるころじゃないですか」

「よく勝手に身をくらましたがる人なの。すぐにどこかへ消えちゃう。何を見にいったのかしら。あたしも別に待ってるわけじゃないんだけど」

彼女はそう言いながら、なおビーチを離れずに、きれいな胸をそらして遠いリーフのほうを見た。敏感すぎる表情をもって気強くひとりで立っている娘というふうがあった。

和生は彼女らと別れて、船着場のほうへ歩いた。自分もいまの娘とほぼ同じで、たまたま思いついて船に乗り、ここへ来ているのだった。そして、いつの間にか荒木氏父子と一緒の旅になっているのだ。自分はひとりのようでひとりでない。現代の旅のようで、半分過去に入り込んでいる。荒木氏の話を聞くだけで、いまの時間があやふやになる。荒木氏の甥の話を思ってみると、いまのサイパンが何となくむなしい眺めになる。いままで二人の女性と話していた時間も、またすぐにあやふやなものになってしまうだろう。

船に帰ると、甲板でサイパン先住民の踊りの催しがあることがわかった。ほかの船客たちも帰ってきていた。時間が来たので甲板へあがると、荒木良一がひとりでいるのが見えた。彼はバスで船へ帰ってきて、父親が疲れたようなので昼寝をさせ、ひとりで甲板へあがってきたのだと言った。

日が傾きかけていた。カナカ人の男たち十人ほどが現れた。腰蓑をつけ、額に花綵《はなづな》を巻き、裸の体にレイをたすき掛けにした巨体の男たちだった。船客のあいだを通って甲板の中央へ進むと、揃って両手をあげながらゆっくり踊り始めた。女がいない男たちの踊りは荘重といってもよかった。ゆったりと動いて目の前に迫ってくる褐色の肌が、激しい夕日をはね返していた。

日本人とはまったく違う巨体の持主が、いまも日本語を話すのだとしたら、ちょっと信じられないようだった。この甲板で彼らの踊りを見るだけで、話をする関係にはなりそうもない。が、現在三十五歳くらいから上のカナカ人やチャモロ人は、日常的にまだ日本語をつかっているという。たぶん皆それが信じられないまま、船の日本人たちはただ拍手をし、彼らが退場するのを黙って見送っているのである。

息子の荒木は、きょう一日、取材らしい取材ができなかった、観光客でした、と言った。今回のマスコミ陣招待はグアムの観光局が中心になり、サイパンのほうはまだ受け入れ体制が十分でないということらしかった。

「さっきのカナカ人の踊りなんかもね」と、彼はマスコミ仲間と一緒に聞いてきた話を教えてくれた。「あれが結局唯一の歓迎行事になったわけだけど、ああいうものを観光客に見せるための場所が町にあるわけでもないらしい。まだ劇場もリゾート・ホテルもないようです。映画館はあって、昔の日本映画をやっていたりするそうですがね。ともかく、島の経済がまだ全然復興していない。島の最大の収入源はコプラで、輸出されていますが、観光収入はまだそこまで行っていない。島の土地の七十五パーセントはいまもなお眠っているとかいいます。昔最盛期に日本人が七万人もいたというのに、いまの島民は一万二千人くらい。米軍は駐留していないので、アメリカ人は少ない。観光客誘致も、グアムとは違って、役所がどこまで本気かわからない気がする。ただ、マッピ岬に記念碑を建てたり、あそこを平和公園にしたりする計画はあるそうですがね」

そのあと、荒木は調子を変えて父親のことを話した。

「昼食のとき、親父はずいぶんしゃべっていましたね。あんなことは珍しいんですよ。戦車隊の話ばかりだったでしょう。昔、少年戦車兵の兵学校があって、サイパンへ送られた戦車隊にも十代の少年兵が何十人もいたそうです。彼らは行き先がサイパンだと知らされて、家族あてに遺書のような手紙を残している。そんな少年たちが何とか魚雷攻撃にもあわずにサイパンに着いたとき、北満とはまるで違う別天地に驚いたことでしょうね。ヤシの木が茂り、バナナやパイナップルが実る島の美しさは、ほとんど極楽のようだったかもしれない。しかし、そんな眺めのなかで、幾日もたたずに玉砕することになったわけです。そのときの美しいサイパンはいまなお戻っていない。死地の美しさだったというならそれは当然でしょうが、いま美しいのは海だけだ。親父は少年戦車兵のことをしきりに思うらしいんです。彼の甥はもう少年ではなかったのに、少年兵の姿が頭から離れないらしい。自分は当時三十五歳の老兵だった。だからなんでしょう。実際、死んだ甥の記憶は少年のままだったはずですしね。少年兵の見た昔のサイパンは消えてしまった。いまはただ、タガンタガンの単調な緑に埋めつくされている。それはたしかにむなしいような眺めにちがいない。だから親父はくたびれて、いまちょっと昼寝しています。体がおかしくなったというわけではなくて」

息子の荒木は、和生と一緒に船室へ歩きながら話しつづけた。出港の時刻が近いらしかった。グアム島に着くのは明朝で、なお十五時間の航海だった。出港後夕食になるので、たぶん荒木氏はそのころ起きだしてくるのにちがいなかった。

第九章　グアム

その晩、船はテニアン、ロタの先、マリアナ諸島南端のグアムへ向かって南下しつづけた。船でもらった観光パンフレットには「米属領グアム島」「アメリカの一日が明ける所」とうたってあった。

夜が明け、甲板へ出て朝の海を眺める間もなく、早めの朝食が始まった。熱帯の海の美しさにも、はや見飽きたような思いがきざしていた。朝食が終わると、船はすでに米国海軍の基地に接した大きな港に入っていた。

クルーズ船歓迎の行事があった。桟橋に、色とりどりの夏服姿の娘たちが長い列をなしていた。その二列のあいだを、船客たちが歩いて上陸することになるらしかった。

歓迎行事は簡単に終わった。マスコミの人たちが真先に呼ばれていき、やがて彼らはグアム観光局の招待計画に呑み込まれたように見えなくなった。一般の客が残された。和生らは最後のバスに乗り込んで観光に出発した。

かつて米軍は、サイパンの日本軍玉砕の二週間後、今度はグアムへ五万五千人の上陸部隊を向かわせた。日本の守備隊は、サイパンと同様水際作戦をとり死力を尽くした。が、結局抗しきれずに背後の山地の戦闘になったのもサイパンのときと同じである。主邑アガニヤに近いマンガン山の攻防戦というものがあった。二万人の守備隊は、すでに水際でその半数を失っていたといわれる。

バスはほどなくそのアガニヤの町に入った。歩いて見てまわると、十九世紀までのスペイン領時代の遺跡とカテドラルがあり、現代の行政府や知事官邸があり、旧日本軍の洞窟やトーチカがあった。古代原住民の残した石柱も公園に並んでいる。広い通りに沿った白っぽい新しい建物と芝生の眺めはまぎれもないアメリカである。

だが、かつてアガニヤの町は、米軍の空襲と艦砲射撃によっていったん壊滅しているのだ。戦後、町はアメリカふうにきれいに作り直され、古い遺跡もともかく復元された。それが、緑に埋まってしまったサイパンのガラパンとは違っている。

再びバスに乗り北上する。岬を越えた先にもうひとつの入江が見えてくる。タモン湾で、日本人旅行客の宿泊地として知られ始めている。出来たばかりの日本資本のホテルが二つある。よく茂ったヤシの林のむこうのビーチを運転手が指さしてくれる。ヤシ林はかなり伐採されつつあるのがわかる。

その先、バスは海辺の高台へ登りつめ、スペイン語でいうところの「二人の恋人の岬」に着いた。海からまっすぐ切り立った崖の上である。サイパンのバンザイ・クリフに似ている。スペイン時代にチャモロの恋仲の二人が飛びおりたという伝説の岬である。熱帯の太陽は中天に近づき、晴れ渡った空の青が染みついたように拡がっている。

崖の端の小山に登ると、南のタモン湾とその先の海岸線が一望できた。米領の島へ太平洋戦争開戦直後に日本軍が上陸したのも、昭和十九年八月に今度は米軍が敵前上陸をはたしたのも、その海岸線のいくつかの地点にちがいない。米軍の百隻もの上陸用舟艇が、いっせいに押し寄せるさまが思い浮かぶ。この島もまず海岸が、両軍の死闘の場所になったのだった。

そちらとは逆方向の島の北端部は、ジャングルが拡がる山地である。サイパンのときと同様、日本軍は北へ北へと追いつめられていった。軍司令部全員が山中の洞窟で自決するまで三週間。軍と一緒に逃げた民間人が断崖から身を投げたのも、サイパンと同じだったといわれる。戦闘終了後も少なからぬ日本兵がジャングルにひそんで米軍に掃討されたという山である。

バスは、山地の鬱蒼たる緑に背を向けて引返した。現在そちらには空軍基地もあり、観光客が行く場所ではないらしかった。タモン湾へと下った。アガニヤに近いあたりまで来て、道路沿いの明るいカフェテリアで昼食をとった。道路も店も明らかにアメリカだった。マリン・ドライブと呼ばれる幹線道路は、そのへんからショッピング街のようになる。戦後のグアムの町があらたに出来て賑わっている。

昼食のあと、バスは島の南半分をひとまわりするため出発した。アガニヤでマリン・ドライブと別れ、島を東へ横切るかたちになる。東の海がひらけてくる。グアム大学が出来ている。西に比べて田舎びて建物も少ないが、海岸風景が広やかだ。リーフが長々と延びているのがわかる。西海岸がアメリカの郊外ふうなら、東海岸は花咲く別荘地といった趣きがある。

南下すると、サーフィンをする人の見えるタロフォフォ湾や、海辺が海水プールになっているイナラハンの村がある。カトリックの教会がある。スペイン時代以来、チャモロの人たちは旧教徒である。かつて日本軍は、それらの村の名前を太郎とか稲田とか呼んでいた。タロフォフォ川の奥は深いジャングルで、戦後まで日本兵がひそんでいたという山地である。つい十年前にも、二人の「最後の日本兵」が発見されているのだ。

島南端の漁港の村メリッソに着く。ここにも旧教の教会がある。沖合いのココス島へ舟が出ていて、桟橋には水着姿の人々がいた。木立の下で、チャモロ人の男たちが魚を並べて売っていた。

メリッソの村から西海岸へまわって北上する。十六世紀にマジェランが上陸したというウマタックの村へと海辺をたどる。山道になり、村の手前の高みにスペイン時代の遺跡ソレダッド砦がある。ウマタック湾を見おろす古い砲台跡である。そこも切り立った崖で、ウマタックの小さな湾から張り出した軒の先、つまりちょっとした軒端のようなところだ。

ウマタックの村からなお北上、山道に入る。グアムでいちばん高い山を望む山地で、そこから一気に海辺へ下ると長いニミッツ・ビーチがひらける。太平洋戦争開戦時に日本軍が、そして終戦の前年に米軍が上陸したビーチで、激戦の跡がある。バスからおりた客たちが、ヤシの木の並ぶ海浜公園を歩く。すでに日が傾いている。柵をめぐらした海水浴場がある。艦艇が何百隻も蝟集《いしゅう》できそうなほどサンゴ礁の海が広い。

クルーズ船が停泊している港まではあとひとっ走りだ。米海軍基地の入口を過ぎる。巨大な基地らしい。日本の占領時代には、そのへんに繁華な須磨（スマイ）の町があった。須磨神社もあり、いま基地が占めている半島は、表（オロテ）半島と呼ばれていた。

船の夕食どきに、荒木氏父子も帰ってきた。サイパン以来、荒木氏はいくらか日焼けして、顔に老人らしからぬ生気があらわれていた。彼のシニカルな口調も若々しく聞こえるようになった。

「いやあ、サイパンから来ると、よくも悪くも解放されてね」と、彼はなつかしげな笑顔を見せた。「昔ここへ送られた軍隊仲間もいなかったし、わたしは大宮島のことはよく知らなかったですよ。これまで特に勉強したこともなくて。だから、いわば何も知らないところへ解放されたってわけです。いうならば、軍隊生活のあと戦後の東京へ出て、アメリカ兵がたくさんいる街へ放り出されたのと同じようだともいえる。ここはサイパンとはがらっと変わって、妙にあけっぴろげな明るさがあるからね。戦後の東京もそうでした」

そのあと荒木氏は、戦後の話を少ししかけたが、すぐに現在の「何も知らない」グアムのことに話を戻し、元新聞記者らしい好奇心をあらわすしゃべり方になった。

「ここの観光局はなかなか感じがよくってね、トップはチャモロ人です。うるさいことは何も言わない。わたしは若い人らと違って招かれてはいないのに、記者でさえないのに、食事を出してくれるし何も言いません。ハハハハ、さすが南洋。観光局はわたしを半分記者のように扱ってくれている。それは悪くないですな。日本ではもうそういうことはないんだから。なるほどここはアメリカの田舎町だ。大宮島が戦後二十五年でこうなったわけだ。わたしもやっと解放されましたよ」

　荒木氏は何十年ぶりかで記者に戻って、アメリカ領の町で動きまわるのを喜ぶようなところを見せた。戦前の彼の記者時代の話はまだ聞いていなかったが、グアムまで来て、少しは想像できそうな気がした。荒木氏はなお勢いを止めずにつづけた。

「最近、ここへ日本資本のホテルが出てきてるでしょう？　それで日本の新婚旅行客が急に増えたんだそうだ。タモン湾というところですよ。そこをもっと本格的な観光地にするために、観光局は熱心に動きだした。そこが日本人用の場所になってきて、ちょっとあわてているのかもしれない。もともと観光局は、リゾートとしては西海岸を開発するつもりだったらしいんだ。おそらくアメリカ人向けにね。それが東海岸のホテルに日本人が来るようになった。その増え方が急だっていうんで、方針を変えて、日本のマスコミ対策に力を入れ始めたところなんだね。きょうはそのタモン湾のビーチを見たけれど、もっと北のほうの浜も見てきました。この島の北の端に大きな空軍基地がある。ヴェトナムの戦争に飛んでいくB52の基地ですよ。その先のビーチが大きくてきれいなんです。昔日本軍は白浜と呼んでいたそうで、つまり白砂青松ですな。ヤシの林が立派で、あそこの眺めはじつによかった。タラギ・ビーチです。あそこへ行くには米軍施設があって面倒なのを、わざわざ見せてもらいました。観光局があそこをこれからどうするつもりか、説明は何もなかったけれど」

息子の荒木良一は、記者仲間から離れてこちらへやって来、父親の話を半分くらい聞いてからつけ加えた。

「今年からジャンボ・ジェット機が飛ぶようになって、日本の新婚旅行客がどっと増えたんで、観光局はあたふたしていましたね。去年までの観光委員会を今年観光局に衣替えして、人も増やしたところだったけど、新婚客ばかり押し寄せてくるとは思っていなかったらしい。彼らが考えていた乗馬とか水牛乗りとかスキンダイビングとか深海魚釣りとかは、全然日本の新婚客向きじゃない。それに新婚客はわざわざ西海岸で遊んだりしないんですよね。ちょっと前の観光パンフレットを見ると、西海岸の写真ばかりたくさんのっているんだけど。東のタモン湾には、これから日本資本のホテルがまだまだ出てくるようです。だから当面観光局は、そちらを中心に仕事をしなければならない。それにしても、きょうはわれわれも新婚客が見るような景色ばかり見すぎましたね。実際、新婚旅行に食傷したような気分ですよ」

和生らは翌日も、マスコミの人たちとは別に動いて観光客の一日を過ごした。朝食後、迎えにきたバスに乗り、再び南端のメリッソまで行った。皆海へ入るつもりで、水着を着込んでいた。

メリッソで海辺を歩くと、日本人が二十人くらいむこうからやってきた。カップルばかりなので、新婚旅行客にちがいなかった。昨日来新婚さんのツアーに出会ったのははじめてだった。静かな人たちで、皆上品な服を着ていて、和生らは裸だった。一組一組とすれ違いながら、気安く声をかけあったりすることにはならなかった。静まり返った熱帯の朝が暑くなり始めていた。

一人だけ水着を持ってきていない中年男性がいた。彼はまったく海へ入る気がない様子だった。水着の一団のなかで、サングラスをかけたポロシャツ姿で、ふだんの町歩きのように歩いていた。たまたま和生と二人並んだとき、彼ははじめて話しかけてきた。

「お若いようだけど、昔の大宮島っていう名前は知っていましたか」

「ええ、辛うじてね。戦時中のことを知っている最後の世代ですよ」

「昭和十九年、アメリカがここへ上陸したころ、東京では学童の集団疎開の準備にあたふたしていました。大忙しだったんです。わたしは小学校の教員でしたので」

「そうですか。僕はまだやっと一年生でした。あの年に疎開した第一陣は、二年生から上の人たちでしたよ。翌年僕らもあとから加わりましたが」

「その第一陣の出発が八月はじめでした。わたしら教員は、児童を何百人も引率して夜行列車に乗りました。グアムの日本軍玉砕はその一週間後くらいに当たります。ところが、そのニュースを新聞で知ったのは、何と二カ月近くもたってからでしたよ。疎開先で大宮島とか自決とかいう大きな活字を見たのをよく憶えています」

「僕の記憶は、せいぜいＢ29の東京初空襲からです。十一月二十四日でしたね。米軍はマリアナ諸島占領から三カ月半も時間をかけたことになりますね」

「満を持して大空襲に及んだわけだ。Ｂ29のことは超空の要塞とか何とかいいましたね」

「あれはグアムからも来ていたのかどうか。昭和二十年になると、ともかく凄い数でしたね。まだ疎開に行く前、僕は防空壕からそれを見ていました」

「そのとき家は焼かれずにすみましたか」

「ええ、何とか無事でしたよ、郊外だったもので」

桟橋近くまで来て、サングラスの先生はひとり離れていった。「ここはカトリックの教会なんかもあるので、ちょっと歩いてみますから」と言い、海に背を向けて木立のなかへ入っていった。

桟橋にモーターボートが待っていた。和生らはそれに乗り込み、沖合いのココス島へ向かった。細長い島のむこうにリーフが大きく弧を描いている。ボートはその広い内海の浅緑色を蹴立てて突っ走る。島に着くと、海は腰までの深さしかないのがわかった。島の持ち主なのか、アメリカ人らしい男がひとり、ハーフ・パンツ姿で別荘ふうの一軒家のあたりを歩いていた。

泳ぐというより、海を歩きまわることにした。広い内海をどこまでも歩けそうなのが愉快だった。が、歩いてみると時どきやわらかいものを踏むので、透明な海の底を覗いてみた。大きなナマコだった。海の鼠と書くとおりの黒っぽい生きもので、棘はあっても痛くはない。こんな大きなものは食べられないにちがいないが、ここの浅い海にナマコは無数に棲息しているらしい。

一昨日、船のバンドの女性と二人でサイパンのビーチにいた娘が、ここの海ではまた男と一緒になって声をあげていた。ことばがいちいち水の上にははね返るように聞こえてきた。

「何なの？　これじゃ泳げないわよ。どうして海がこんなに浅いの？」

「どうしてっていってもねえ。リーフの外まで行って泳げってことじゃないの？」

「ここはきっと、あのアメリカ人のおじさん家《ち》の海の庭なのよ。泳いだりしないで、広い庭じゅうをモーターボートで走りまわるんでしょ」

「あの島は探険できるんだっていうよ。ちょっとしたジャングルがあってね、ボートで島へ来た人は自由に歩けるらしい。ジャングルを探険してもいいんだそうだ」

「あたしはいや。ジャングルなんか歩きたくないわよ。ここでいいから、あたしは背泳ぎでもしてみようかなあ」

「それでどんどん泳いで、リーフの外まで行ってみたら？　ずーっと歩いてついていってあげるよ。君のおなかを見おろしながらね」

「そんなことするより、あなたはちょっと探険してきたら？　それでいいわよ。でも、帰ってこなければ島に置き去りにするわよ」

「それもいいねえ。そうなれば、あのアメリカ人の家で一泊させてもらったりして」

「それで、あしたになって、朝、船に乗り遅れて、日本へ帰れなくなるんじゃないの？」

「そんなことになってみたいもんだ。面白いよ。南洋へ漂着した昔の男みたいでいいじゃないか」

「あ、またナマコ踏んだ。棘があるのに大丈夫かしら。あとから腫れてきたりしたらいやだなあ」

　和生はやがてココス島の桟橋へあがって、バスの人たちがまだあちこちに見えている広い内海を眺めた。カップルのことばはもう聞こえてこなかった。さっきの元小学校教師の人は、いまむこうの陸地のどこを歩いているのだろうと思った。彼は昭和十九年にはまだ二十代だったのではないか。サイパンやテニアンや大宮島の敗戦を、彼は生徒にどう伝えていたのだろう。南洋の島々で玉砕がつづくと、そんなことはもう伝えるわけにもいかなくなっていたのかもしれない。和生自身、学童疎開の暮らしのなかで、日本軍敗退のニュースなど、一度も聞かされたことがなかったように思う。

　帰りのボートの時間が来て、バスの人たちが乗り込んだ。メリッソで元小学校教師の人が待っていた。そこからいったんクルーズ船の港へ戻り、午後はまた同じバスでアガニヤのほうへ行くことになっていた。グアムは自由港なので、ショッピングの時間がとってあった。

　午後再びバスに乗った。アガニヤの先のタムニンまで行き、そこで買いものということになった。ところが、バスをおりて歩きだして間もなく、さっきのカップルの男のほうが消え、残った娘が話しかけてきた。

「なんかこの町面白そうだとか言いだして」と、彼女はあきれたような笑顔をつくった。「みんな勝手に買いものしてくれってて、さっさといなくなったのよ。俺はそんなことどうでもいいってわけなの。あっという間なのよ」

「なるほど彼はそういう人だ。わかりますよ。そういうのが得意で、面白がっているんでしょう。でも、こんな小さな町ならすぐに帰ってくるはずですよ」

「でも、それがわかんないの。たぶんあの人、バスに素直に帰ってこないと思うわ。暗くなってからタクシーで帰ってくるんじゃないかな」

「それじゃ、ココス島のジャングルと同じことになるかもしれない」

「あら、そんなことまで聞かれてたんだ。ほんとに馬鹿なことばっかり言う人なの」

「あした朝の出港で、また四日も船のなかだからね。彼はその前にひとりで動きまわりたかったんじゃないの？」

「そうかもしれない。だから、買いものなんか勝手にしろなのよ。身をくらますチャンスだってわけよ」

和生も買いものがしたいわけではなかったが、若い白人の運転手がすすめるままに店を見て歩いた。どこも似ているのに、素通りはせずに必ず何やかや買う人がいた。そのうち、時に英語の通訳をさせられることになった。リゾート用の服を買う女性もいて、店員と一緒にフィッティング・ルームへついて行ったりした。運転手と交渉して、別の町の店を探しに行くこともあった。いろいろと注文が出るので、買いものの時間は長くなった。

その午後いっぱい、和生はバスの仲間の通訳をしながら動きまわった。運転手のチップのために、皆から小銭を集めたりもし、ようやく船が見えるところへ帰ってきた。まだ夕日が明るいが、船の夕食の時間が近かった。船は明日まで港にいて、朝八時に東京へ向けて出航することになっていた。

帰りの航海は思いがけないものになった。往きとはすっかり変わってしまった。台風が来たのだ。朝出港し、その日の午後から天気が崩れた。二日目からは船が大きく揺れだした。青い海が暗澹たる灰色になり、視界がたちまち狭くなった。その狭い視界に閉じ込められ、揺られつづけることになった。

グアムの二日間で顔色がよくなっていた荒木氏は、はじめ船の揺れにも平然としていた。来たぞ、やっぱりこれが来た、といわんばかりだった。

「これはまあ、宿命みたいなもんですな」と、彼は暗い海を見ながら上機嫌だった。「日本人が海へ乗り出していけば、いまも昔も必ずこういう目にあう。東京からだって、島づたいに南へ南へと来て、そのうち台風にあえば、一気にマリアナ諸島までも漂流していく。はじめてサイパンに住みついた日本人も漂流民ですよ。それが山国の山形県人だった。わたしは漂流はしなかったが、国を離れるとさっそく波に揺られました。戦前の欧州航路の船もこのくらい揺れましたからね。それにしても、明治時代なんかはもっとずっと大変だったんだね。そのころの洋行青年らの写真には、ようやくヨーロッパに着いて皆蒼黒いような顔をして写っているのがある。遠いところにへとへとになってたどり着いた青年たちですよ。それだって一種の漂流民だといえるかもしれない」

三日目になっても揺れがつづいた。船の窓を横切る灰色の水平線が、大きく上下していた。それが窓の上辺に届きそうに持ちあがっては沈んだ。時に雨がどっと吹きつけてきて、水平線は見えなくなった。

「われわれの往きと帰りが、海の世界の天国と地獄ってわけですね」と息子の荒木は、海が荒れつづけるのを呆れたように見ながら言った。「その両方をこの船でたっぷり経験させられていますね。でも、それはグアムのような島の場合も同じことでしょうね。グアムもしょっちゅう台風に襲われて、それが大型だとひどいことになるらしい。家が吹っ飛ぶ。町が破壊される。停電や断水が起きて長いこと復旧できない。観光局では天国の話をたくさん聞かされたけど、地獄のこともうちょっと聞いてくるべきだった。戦争のときの天国と地獄も極端だったにちがいない。満州からグアムへ送られた若い兵士たちは、あの島へ着いてさだめし天国のように思ったはずです。それがほんの何十日かで一変して地獄を見ることになった。サイパンと同じですね。その両極端を、いままた考えさせられてます。島から離れた大海のまん中で、もう一度またそれを思わされていますよ」

荒木氏が横になりたいと言いだした。息子はあわてて立ち、父親を立たせて肩を組んだ。親子はケビンへ向かって歩きだしたが、斜めになりかける床に足を踏んばりながらなかなか進めない。和生も反対側から荒木氏を支え、どたばたと歩くことになった。

ようやくケビンにたどり着き、和生は二人と別れながら、自分もこのまま横になってしまおうという気になっていた。もういつまでも目をあけていたくなかった。窓の水平線が際限もなく上下する動きから逃れて、自分ひとりの薄闇のなかへもぐり込もうとした。その後夕食の時間が来たが、いったん横になるともはや動く気にならなくなった。

吐き気に襲われ、それに耐えるうち眠り、目が覚めても起きられずにまた眠った。半醒半睡のまま、どれだけ時がたったのかもわからなかった。やがて思わず深く眠り込んだが、夜中にふと目覚め、船の揺れが小さくなっているのに気がついた。騒がしかった海の音が静まっていた。世界が一変したような気配があった。蘇生の思いが拡がった。その思いとともに、この船に乗ったおかげで、南洋へ渡った昔の人が必ず経験したはずのことを、自分もいまようやく経験したのだ、と思った。

　四日目の朝、それまで何ひとつ胃に入れる気にならなかったのが、やっと何か食べることができるようになった。船はすでに、小笠原諸島近くまで来ているはずだった。

　荒木氏父子はまだ食堂へ出てこなかったが、和生は食後、戦時中小学校教師だったという人とデッキへあがって海を眺めた。彼はもうサングラスをかけていなかった。秋の曇り日のあいまいな光を浴びて、こともなげに拡がっているのは、はや東京の海にちがいなかった。まだずいぶん南なのに、熱帯の光はすっかり薄れていた。

「こんな海を見ると、何だかほっとするようですね」と、彼はサングラスなしの裸の目を、ぼやけたような光のなかに見開いて言った。「ともかく安心させられますよ。やっと戦争が終わって、空襲もなくなって、疎開の生徒たちを連れて東京へ帰ってきたときのことを思い出します。あれはいまと同じ十一月でしたよ」

「昭和二十年十一月、僕もそのころまで帰れずに、疎開先にいました」

「戦争が終わっていなければ、米軍はその十一月に九州へ上陸するはずでした。サイパンやグアムでは、わたしも知らないことが多かったと思いました。長野県の山奥に疎開していて、ろくな情報もなかったんですからね。あの時代、疎開先から召集されていった先生も何人かいました。だから、当然わたしがサイパンかグアムへ送られていてもよかったわけだ。あるいはペリリューかアンガウルですかね。そのことをずっと考えていましたよ。日本にいると、もう戦時中を思うこともめったにないのに、船に乗ってみると考えさせられることが多い。帰りの船は海の嵐がひどかったから、いまようやくほっとしましたが、戦争が終わったあとの思いと同じようです。ちょうどあなたの世代の子供たちを引き連れて、焼け野原の東京へ帰ってきたときの安堵の思いと解放感を思い出します。二十何年かぶりのことです。東京はすっかり焼き払われていたのに、その東京に恋い焦がれるような思いで帰ってきたのですよ」

海はまだ広々としていて、東京湾へもそこにひらける街へも近づいてはいなかった。が、彼はすでに帰京して安堵したような初老の顔を、嵐のあとの海に向けてしばらく動かなかった。

第十章　独居の人

父親荒木氏がひとりで暮らしている家は、本所の古びた町裏にあった。狭い道に面した平屋だったが、すでに周囲にコンクリートのビルが建ち始めていた。狭い道の向かい側にもビルが出来、荒木氏の華奢な家は、いずれビルの壁に面することになりそうで、和生はちょっと立ち止まってそのことを考えた。

船の旅から帰ったあと、ひと月しないうちに、荒木氏がとつぜん電話をくれ、話があるので家へ来てくれないかと言った。何の話かははっきりしなかった。が、和生はかまわず川むこうまで出かけることにした。東武電車の業平橋まで行き、知らない街を訪ねていった。ともあれ荒木氏の暮らしというものを知りたかった。荒木淳造という表札が出ている家はすぐに見つかった。

玄関わきに小さな植え込みがあり、和生はその緑に目にとめる気になった。どこにでもある椿や梔子《くちなし》や枇杷《びわ》だったが、すでに冬に入りかけた低い空の下で、町裏の緑の色艶が思いのほかよかった。通ってきた市街は、初冬の鈍い光に沈んで灰色にくすんでいた。

荒木氏は玄関の開き戸をがらりとあけて顔を出し、人なつこい笑顔になって迎えてくれた。玄関から二、三歩入るとすぐが、掘り炬燵のある茶の間だった。

「船で知り合って、そのままにするっていうのもね」と、荒木氏ははにかむような笑顔を和生に向けてきた。「ここまで訪ねてくれてありがとう。きょうはあなたとゆっくり話ができるといいと思ってね」

「船というものも、何だかひまなようで忙しいようで。もっといろいろうかがいたいと思っていました」

「わたしの暮らしを知ってもらったほうが、話がしやすいかもしれない。そうも思いました。御覧のとおり、こんなところに住んでいますよ。戦後はずっと川のこっちの下町でね」

「このへんはきれいに焼けたんでしょうね。もうずいぶんビルが出来ていますが。僕はじつは、東京の東半分のことをろくに知らずに来てしまいました。ここへ来る電車もはじめてでした」

和生は清涼飲料配送のトラックに乗ったときのことを思ってみた。が、トラックで走りまわったのがどこだったか、早くもあやふやになりかけていた。たぶんこのあたりへは来ていなかった。下町一帯はいま、ただ果てしのない荒漠たる眺めの記憶になりかけていた。

この家に荒木氏が住むようになってまだ十年くらいらしい。その前は、深川の富岡八幡に近いところに住んでいた。和生はそのことを船のなかで聞いていた。その深川の時代に息子は大学生になって仙台で暮らし始め、荒木氏はその後ここへ移ってひとりになったのだ。よくはわからないが、そういう計算になるはずだと思った。

和生は荒木氏のその「ひとり」の部分を、もっと知りたい気がしていた。彼の個人性の独特の感じが、船をおりてからも印象に残っていたからだ。それが彼の青年期の育ちから来ているのは間違いなかった。和生は特に彼のフランス時代について、この際もっと知りたかった。

掘り炬燵に坐り込んだ荒木氏は、背を丸くした小さい姿になった。が、和生に面と向かって話すときは、顔をぐんと近づけ、目を光らせてはっきりしゃべった。船で息子と一緒だったときより、「ひとり」の迫力めいたものが感じられた。

「じつは、つまらんことでお話があって」と、彼はあらためて話しだした。「あなたにやってもらえないだろうか、ということがありましてね。前から知っている編集者が、きょうここへ来ることになっているんだが、会っていただけますかね」

「はあ、それはかまいませんが。雑誌か何かの編集者でしょうか」

「五、六年前に、わたしは経済学の本を一冊出したことがあります。戦後十年の仕事をまとめたものです。そのときの編集者です。その男が出版社をやめて独立して、今度はもっと一般的な本を出したいと言いだした。それで、何度かやってくるようになって」

「経済学より、もっと面白いことがありそうだってわけですか」

「彼は社長になって好きなことをやろうとしている。まだ四十前ですよ。ともかく元気な男で」

「それで何を書かせようっていうんですか。戦争の話はたくさんあるけれど」

「戦前、戦中、戦後をとおしたライフ・ストーリーですよ。そういうもののシリーズを考えているらしいんでね」

「戦前のパリの話なんか、めったにないはずですね。くわしく書いてほしいんでしょう」

「それは書きだせばいくらでも長くなる。でも、わたしはいまになってそんなことはとてもやれそうにない。長いものはもう自分では書けませんよ。それで、わたしがしゃべることをあなたに書いてもらえないかと思って」

「なるほど、わかりました。それはぜひやらせてください」

「しかし、それがどんな仕事になるのか、もう少しはっきりさせないといけない。わたしもまだよくわからないんでね。その男が来てから、くわしく聞いて決めることにしましょう」

そんな話のあとで、荒木氏は腰をあげて、和生を散歩に連れ出した。掘り炬燵から出るとき、彼は左脚が悪いので、動きがとつぜん大きくなった。まず脚を思いきり外へ放り出すようにしなければならなかった。

南洋の旅のあいだは、息子が常につき添っていたが、和生ははじめて荒木氏と二人になって、つき添うようにして歩き始めた。そのあたりにはまだいくらか掘割りが残っていた。荒木氏は和生を水辺へ連れていった。いまも材木が浮かんでいる掘割りがあった。隅田川のむこうでは戦後ほとんど埋め立ててしまったものが、こちらには確かに残っていると思いながら、和生は荒木氏を追い越さないように気をつけて、彼の独居の土地をそろそろとたどっていった。

荒木氏は本所という土地のことを説明してくれた。歩みは遅いが、口調は教師のようにしっかりしていた。土地の説明をしながら、彼のいまの暮らしを十分わからせようともしていた。下町世界を実感すると、彼の戦後の人生が少しずつ見えてきそうに思えた。

「わたしは復員してすぐ、仕事を探しに東京へ出てきました」と、彼は小公園のベンチで休みながら話した。「戦前新聞記者をしていたころの東京は、一切合財《いっさいがっさい》なくなっていましたね。こんなに何もないところで、何を見つけたらいいんだと思うようでした。でも、何もかもなくなってしまえば、広島生まれの復員兵にとっては動きやすいしやりやすい。よくも悪くも自由そのものだ。特に下町一帯は、見渡すかぎり何もない焼跡世界だったからね」

「そこへ広島から、御家族を呼び寄せることができたのですね」

「いや、すぐにというわけにはいかなかった。昭和二十年に女房が死にましたんでね。息子はまだ三つで、その上に年子の娘がいました。子供たちはしばらく広島に預けたまま、わたしは毎日このへんの焼跡を歩きまわっていましたよ」

「たしかそのころ、第二の青春なんてことばがありましたね。インテリたちの再出発ということでしたね。だれもが自由そのもののなかへ投げ出されて」

「ことばは安っぽいけれど、まあそんなふうでしたな。古い制度が引っくり返った東京は解放区のようになった。短いあいだのことですがね。それはある意味で、わたしの若いころのパリと同じだったかもしれない。パリの自由ってものは一種特別なものでしたからね。昔の東洋人はだれもが驚いたものです。こんな世界があったのかってね。わたしの場合も、仕事を捨てて日本を飛び出したんだからそれは特別で」

「戦前のパリと敗戦後の東京と、二度自由のただ中へ飛び込む思いがあったってことですね。そんな人生はめったにないだろうと思います。いまのわれわれの経験する自由とは違うものだったはずです。ちょっと想像しにくいような自由だったという気がします」

「敗戦後でいろんなことがあったあとだから、若い留学生と中年復員兵の経験は、もちろん違いも大きかったんだけれど」

そのあと、荒木氏が二日おきにかよっているという銭湯の前を通り、小さな寺を覗いてみてから家へ戻った。銭湯がたくさんある土地のようだった。曇天が薄暗くなりかけていた。が、出版社長だという男が来るのはもっと遅くなるらしかった。

荒木氏は玄関から家へあがりながら、まるでいまの散歩に付則説明を加えるというふうに、ここに住む前の深川の家のことを話し始めた。

「戦後二十年近く住んだのは深川でした。わたしは編集者をしていた東京女と再婚したんです。深川の家へ娘と息子が広島からやって来ました。子供たちは彼女に馴ついてくれ、彼女も仕事が忙しいのにちゃんと子育てをしてくれた。わたしは十分感謝していました。それでも二十年もたつと、結局離婚ということになった。わたしは深川の家を売り、彼女と別れてここへやって来た。わたしにはこの小さな家がひとつ残ったわけですよ」

和生は、クルーズ船の上で知り合った彼の息子のことをあらためて考えた。もうひとつわからなかったことに簡単な筋が一本通ったような気がした。父親と息子の関係も、一応それでわかったと思うことができた。ふつうの父子とは少し違って、多少距離をおいて息子が細心に父親を見ている様子が思い返された。

その息子は、いま朝鮮語を勉強しているのだと荒木氏は言った。グアムから帰り通信社の仕事に戻るとすぐ、韓国特派員の内示が出、とつぜんのことであわてているのだという。朝鮮戦争後の復興が始まっているのなら韓国も面白いだろう、というのが父親の考えだった。

それにしても、いったん息子が国外へ出てしまえば、南洋の旅のあいだのように二週間近くも父親と一緒に過ごすことは、もう二度とないかもしれない。娘はすでに結婚していて神戸暮らしだそうだから、荒木氏の独り暮らしはいよいよ純然たるものになっていくにちがいない。

室内も冷えてきて掘り炬燵に入り直し、和生は荒木老人と再び向き合った。もしこちらが息子だとしたら、どんな話になるのかと思った。戦前のパリ時代の話などくわしくするのだろうか。そう思いながらそちらへ話を向けてみた。老人はまた元気に話し始めた。いったん始めると話は長くなった。時に講義のような調子にもなった。

昔のパリの日本人として有名なのは、たしかに薩摩治郎八や松方幸次郎ですがね。しかしそれは、第一次大戦後の一九二〇年代のことで、わたしが行ったのは一九三〇年代の後半です。すでに時代が暗転して、パリも変わっていた。二〇年代の伝説は消え去り、社会党の人民戦線内閣の時代になっていました。七月十四日の巴里祭もデモ行進ばかりという状態だったが、それでも若いわたしにとってパリは特別な都でしたな。

一九二〇年代の日本人の記録には、「悪魔の都」ということばが出てくる。それはどういうことかというとね、パリの街では男と女が大っぴらにくっつき合っていて、禁欲的な東洋人には目のやり場がなかったんですな。それに、大戦で男がたくさん死んで、女ばかりが目立っていた。しかもべらぼうに娼婦が多い。「悪魔の都」とは、悪魔が誘惑する淫乱の都というわけです。

無政府主義者の大杉栄というのがいましたね。大杉は一九二三年にパリへ行き、彼は禁欲的ではなかったから、女たちとたくさん関係をもって、彼女らの生活費までこまごまと調べて書き残している。パリの下水管は汚れたサルマタをトイレに流せるほど太いが、それは生まれたばかりの赤ん坊が流れても頭がつかえない太さなのだという話まで書いている。当時堕胎は重罪で、ヤミでおろすのも金がかかり、貧乏人には無理だったからだといいます。そもそも、貧しい女が子供をつくってしまうと生きていけない時代だった。

大杉は上海経由でフランスへ密航し、パリの労働者町の無政府主義同盟の事務所を訪ねていきます。その街のことを、彼はお話にならないほど汚い街だと書いている。通りに見世物小屋が並んでいて、日本の浅草よりもっと下劣な浅草だというのだ。その貧しい街に娼婦たちがうようよしている。巡査がまたたくさんいて、無政府主義者を見張っている。大杉はフランスへ行ったら労働者の町に住みたいと思っていたのに、巡査の厳しい目と群れをなす女たちに辟易して、結局そこに長くは住めなかったらしい。

ともあれ大杉は、旺盛な好奇心と行動力で知らない街を探索し、薩摩治郎八や松方幸次郎とはまったく違う経験をしています。パリで警察につかまって、有名なラ・サンテ監獄に入ったっていうんだからふつうじゃない。それは日本にはじめて現れた近代的自由人の、西洋社会体験といったものになっていていてたいへん面白い。

それに対し、薩摩や松方は新興国日本のブルジョアとして思い切ったことをやりました。どちらも大金をつかって思いどおりのことをやりとげている。大戦のあと日本の円がばかに強かった時代のことです。

薩摩は日本一といわれた木綿問屋の三代目で、金を湯水のようにつかってパリの社交界で名をなし、芸術方面のパトロンになっていった。松方は第一次大戦で大もうけした造船会社の社長だった。薩摩と同じころパリで絵画のコレクションを始め、結局三千点も買い集めたっていうから凄い。日本に最初の西洋美術館をつくるつもりだったそうだ。そのうち彼は、印象派の画家や彫刻家のパトロンのようになっていった。

一九二〇年代は、アメリカ人がパリへ押し寄せた時代でしたがね。日本人も薩摩らのほか、金持ちの華族がパリで贅沢をして目立っていた。が、そんな時代は三〇年代に入ると、世界恐慌があって終わってしまう。二〇年代の金持ちたちにとって、なるほどパリは賛美を尽くした街だったかもしれない。が、その後のわたしらは、もうそんなふうには思えなかったですよ。ただ、パリが一種の解放区だったことは間違いない。たとえ貧しくても、時代が暗転しつつあっても、ともかく自由があった。個人というものがあった。その点、当時の日本と比べれば別世界でした。

日が暮れかけていた。外はもう暗かった。茶の間の明りが強くなり、荒木氏はしゃべるにつれて血色がよくなった。禿げあがった額がよく光った。口もとの皺のなかから「個人というもの」ということばが、いかにもまっすぐに飛び出してきた。

窓の外が闇になり、出版社の男が玄関のブザーを鳴らしてやってきた。地声の大きな男だった。いまの世間の精力的なものが、外から遠慮なく入り込んできた。

その田川という男は、茶の間ではなく書斎のほうへ勝手に入っていき、和生もあとから書斎へ移ることになった。仕事の話なら、たしかにそちらがいいはずだった。田川は和生を見て、うなずくような顔で挨拶した。船の上で荒木氏の息子がはじめて声をかけてきたときと似ていた。はじめから同類を見るような目があった。

書斎も狭くて雑然としていたが、デスクとは別に椅子が二脚、離れた位置にあった。荒木氏はデスクの前に坐って椅子をまわし、あとの二人と向き合うかたちになった。彼は和生のことを、最近知り合ったライターだとあらためて説明したが、南洋クルーズのことなどは言わなかった。

「古い世代のライフ・ストーリーが面白いんですよ」と、田川がさっそく話し始めた。「戦前戦中戦後です。日本の激動の時代です。特に戦前の話が面白くなってくるといい。ぜひそういうものを出したいのです」

「戦争の話ならほかにたくさんあるからってわけだね」と、荒木氏は話に乗る気があるのかないのかわからない調子で言った。「しかし、昔のパリを薩摩治郎八のイメージで考えないでほしい。わたしらのころはもう、バロン・サツマの時代ではなかったんだから」

「写真で見て、薩摩治郎八の奥さんが美人なのには驚きました。薩摩は日本で伯爵家の美貌の令嬢と結婚して、勇躍パリの社交界へ乗り込んだんですね。千代夫人は深窓の令嬢で、何も知らなかったのに、治郎八がうまく仕込んでパリ社交界の花にしてしまった。そんな時代があったんですね」

「千代さんだけでなく、日本の美人妻がパリで評判になった時代だった。しかし、一九三〇年代は時代がすっかり変わっていました。だから、わたしのパリの話は面白くも何ともない。なにせ留学生のただの貧乏暮らしにすぎなかったんだから。まだ女房もいなかったんだし」

「でも、いまになってみると、戦争直前のそんな暮らしは希少価値というものです。それが何か特別なものに見えてきます。戦前のパリも時がたってみれば特別です。ただの貧乏暮らしで一向にかまいませんから」

和生はその書斎で、荒木氏の唯一の著作である経済学の本を見せてもらった。パリ時代の勉強と直接関係があるのかないのかわからなかったが、戦後二十年近くたってからのもので、数式がたくさん使われていた。荒木氏が経済団体に勤めながら書いたものだということだった。

田川が立ちあがり、「それでは、行きましょう」と大きな声で言い、荒木氏も立った。外で夕飯を食べようというのだった。

さっきの散歩のときとは少し方向を変えると、ちょっとした食堂が現れた。小さな店だが席があいていた。荒木氏より田川が先に立って、三人がどやどやと入り込んだ。

夫婦がやっている食堂で、古い家庭料理の定食が出た。荒木氏はそれをていねいに食べていった。何ひとつ残さなかった。田川はまだ十分若くて、勢いよくひと息に平らげるという食べ方だった。

和生より早く食べ終えて、田川は和生に向かって自分のことを説明し始めた。

「前の会社では、ビジネスの本が多かったんです。いまの経済成長の話ばかりです。その編集を十五年やって、そろそろ切替えなくちゃと思うようになった。ひとりで好きなものを出したいと思うと、知らぬ間に走りだしていて、荒木さんのところへも来てしまいました。われながら勢いがついてしまってね」

「僕も十年勤めて切替えたところですよ」と、和生も田川に自分の話をしていた。「ちょっとした時代の変わり目が来たような気もして。僕自身少し向きが変わりました。戦前の話、戦時中の話など、もっと聞いておきたいとも思います。いま少々うしろ向きになっています。会社をやめたんだから、それも許されるでしょう」

荒木氏が横から割って入った。

「この人とは船の上で知り合ったんだよ。サイパンとグアムへ行く船があって、二週間近くその船で一緒だったんだ。そのあいだ、昔の話をしたりしました。ともかく船旅は長かったからね」

「なるほど。南洋のほうの取材の旅でしたか」

と、田川は和生に向かって言った。

「いや、取材の仕事で船に乗ったのは、僕ではなくて、荒木さんの息子さんでした」

「わたしの息子が一緒だったんだよ。通信社の仕事でね。でも、彼は近く韓国駐在ということになるらしいんで、わたしの本のため彼の助けを借りることはできなくなった。それで、こちらにお願いすることにしました。たぶん息子よりやりやすいだろうと、その点うれしく思っていますよ」

食事はとっくに終わっていたが、客が来ないので、ゆっくり話してから店を出た。田川がちょっと飲みましょうと言い、駅に近い商店街のスナック・バーへ行った。

何人か若い女性がいる下町風の酒場だった。もう歌を歌っている客がいた。地味な身なりの「ママ」が迎えてくれたが、荒木氏より田川のほうが馴染みらしかった。荒木氏はやがて、友絵というアルバイトの子をからかい出した。彼はひとり気楽そうに冗談を言ったりし始めた。

友絵は大学を出て、小さな商事会社に勤めながら、アルバイトを始めたところだと言った。荒木氏はそれを知ると、驚いたように彼女の顔を見直した。友絵は一見、そんな学生あがりとは見えず、むしろ本職のホステスのようだったからだ。目のまわりの化粧がきつく、肉づきのいい体が落着いていて、もっと年上のように見えた。

「大学を出たばかりって、それは驚きましたな」と、荒木氏は正直に戸惑いの色を浮かべながら言った。「不思議だ。そんなことがあるなんてね。君がここのママさんだといってもいいくらいなのに。実際、堂々たる女ぶりですな」

荒木氏の戸惑いは、おそらく女性の大学出にこんな店で出会うということから来ていた。つまり、一見ホステスのような大学出など、そもそも彼には考えにくいのだ。彼の戦前の意識が、そんなふうにいまも残っているのがわかった。

「どうして？　あたしお店へ来てまだ三ヵ月よ。驚かれるようなことって何もないのに」

友絵は豊かな胸を見おろすようにしながら、のんびりした調子で応じた。

「それで、君はどこから来たの？　東京育ちじゃないよね」

「群馬です。東京へ来てからずっとこのへんです」

「そうか。それはわたしも同じだ。群馬ならいつでも帰れていいじゃないか」

「妹たちもこっちへ出てきてます。妹が二人です」

「へえ、三人で暮らしているの？　なるほど、君は貫禄のあるお姉さんだ。下の二人は安心だね。君がしっかり守っているんだろうから」

「あたしが守るなんて、それは違います。三人とも勝手で、性格もばらばらで」

「そうか。でも、まあそれがいいんだ。東京へ出てきたんだから、みんな自由じゃなくちゃね」

ウィスキーがまわるにつれ、荒木氏は友絵に合わせてますます軽い調子になっていった。友絵に女くさい重味があるので、彼はその隣りで軽くなっていくのをひとり楽しむようだった。友絵の体は大きくて、荒木氏の老体は縮んだように小さかった。

さっき歌謡曲を歌っていた男と話していた田川が戻ってきた。「あの人、東京下町大空襲の話をしていましたよ」と、荒木氏に報告した。少し離れた隅の席にいる町工場の主人のような男の、少しやつれて見える浅黒い顔がこっちを向いていた。

「あの人はね、もともとテニアン生まれだそうです」と、田川は勢い込んで言った。「親がテニアンの製糖工場をやめて、一家は早めに引揚げてこられた。それで命が助かったのに、今度は東京大空襲でひどい目にあった、死にそこなった、と言っていました」

「テニアンってどこだか知ってる？」

荒木氏が軽口のつづきのように聞くと、友絵は化粧の濃い目を見開いたまま黙っていた。

「この先生はね、ついこのあいだサイパンとグアムへ船で行って、戦争の跡を見てまわったんだけど」と、田川は強い地声をやわらげて説明した。「テニアンはサイパンのすぐ隣りでね、そこから原爆を積んだB29が日本へ飛んできたんだよ」

「サイパンとグアムは知ってますけど」と、友絵は表情をゆるめながら言った。「でも、船で行くなんて聞いたことがない。みんな飛行機で新婚旅行に行くんでしょ？」

「友絵ちゃんも新婚旅行に行くといいよ。サンゴ礁の海にとげのある大きなナマコがたくさんいてね、浅い海を歩くとそれを踏んづける。なかなか楽しい新婚旅行になりますよ」

荒木氏はやさしくからかうように友絵を見つめた。

田川はそのあと、テニアンの話をつづけた。

「テニアンなんて島にも、戦前はちゃんと日本人社会があったんですねえ」と、彼はほとんど溜息を漏らすようにして言った。「わたしは全然知りませんでした。南洋方面はブランクになっていました。南洋進出なんてことばと軍の動きだけで、どこの島にどれだけ日本人が住んでいたかなんて、まるで知らなかったですよ」

「サイパンにはガラパン銀座なんてものもあったんだからね。それなりに立派な街だったらしい。サイパンでもグアムでも、日本人の街がちゃんとあって、何でも揃っていた。硫黄島のような小島も、現在は無人だが、日本人が何千人もいたことがあったんだね。実際、太平洋の無数の島々に日本人が暮らしていた時代があった。いまになってみると、ちょっと信じがたいことかもしれないけれど」

荒木氏はなおしばらく、自分が見てきた島のことを話した。が、サイパンで死んだ戦車隊の甥のことは何も言わなかった。これまでも田川にその話はしていないらしかった。

「では、あの人にもう少し聞いてきます。東京大空襲の話がまだ途中だったもので」

やがて田川はそう言いながら中腰になった。そして、むこうの隅の席の男のところへ急いで行き、男の前に腰を据えるのが見えた。

第十一章　広島

すでに師走もなかばだったが、和生はさっそく荒木淳造氏のライフ・ストーリーを聴きとることを始めた。毎週荒木家へかよって、思いつくまま話してもらい、録音テープにとって書き起こし、編集することにした。

ともかくたくさん話してもらわなければならなかった。こまかく思い出してもらう必要があった。そのため、日記や手帳や書信のたぐいを探し出してもらった。

最初の日、荒木氏は古い破れかけたパリの市街図を出してきた。それを覗き込みながら話を聴くことにした。荒木氏は四ヵ所の下宿の場所や、かよった大学の校舎の位置などを、いちいち指で押さえながら説明した。市街図は色もあせていて、その薄暗いような紙面に戦前の留学生の世界がぼんやり浮かびあがった。彼はそのうち、思いがけない率直な調子で、一年以上つき合ったという女子大学生イヴォンヌ・デュランのことを話し始めた。

戦後はパリの地図を見ることなど絶えてなかった、と荒木氏は感慨深げだった。こうやって見ていると、やっぱりイヴォンヌのことを思い出します。彼女とはずいぶん歩きまわったものだからね。貧乏学生同士のことだ。パリはともかく歩くしかなかった。それをいちいち思い出すと、際限もないことになりそうだ。それをあなたに書いてもらうことなどできるだろうか。

ちょっと無理な注文をすることになるんじゃないか。でもわたしは、イヴォンヌの話を、昔の日本男児の武勇伝のようなものにしてほしくはないのだ。そんな大げさなものになっては困る。そうではなくて、彼女との関係はごく個人的なありふれたもので、人に自慢できるような話ではない。だから、パリの地名をひとつひとつ確かめながら、こまごまと語っていくしかないだろうと思う。が、そんな仕事を人にまかせるということ自体、おかしなことかもしれない。じつはそう思うようになって、困ったなというのが正直なところなんですよ。

当時わたしは、自由というものを、イヴォンヌとつき合いながら痛切に思い知らされたといっていい。彼女はまだ若いのに、早くもパリ式の個人主義といわれるものを体現していました。つまり、自分がいかに解放されているかを、自慢したがるような女子大学生だった。彼女はわたしの前で、ほかの男ともつき合っていることを隠さなかった。それで、自由な性の関係を当然視するようなものの言い方を、やがてわたしもやむなく覚えていったというわけなんだ。

パリでわたしが直面することになった自由の問題は、たとえてみれば、いまいる場所の壁がとつぜんとっ払われて、下の通りへ転落しそうな怖れを感じる、というのと同じようなことだった。あるいはまた、いつもごく上品で清潔そうだった若い女が、ある日とつぜん人が変わったように、汗でべとべとの、臭いのきつい不潔な体をぶつけてきて驚く、といったことと同じだったといえる。それはどちらもなかば夢のような場面なのだ。要するに、固定されていたものがとつぜん動き出す怖ろしい夢なのだ。が、わたしは夢ではなく現実に、その怖れと驚きに心そこ動かされるのを感じた。同時に、自分が思いがけず解き放たれるのを感じる、という不思議な経験があったのだ。

それはたしかに、日本で知ることのなかった痛切な経験でした。そして、それに突き動かされながら、まだおくてだったわたしが、性の激しさを知らされるということがあった。実際にそれを、わたしより五つも若い彼女に教えられたのです。

日本にいれば、わたしはとっくに結婚していて、もう子供の二人くらいはいて、父を亡くしたあとの家長というものになっていたはずだ。ところがわたしはパリにいて、たった一人でイヴォンヌの激しさと向き合っていた。その激しさが毎日のようにつづくこともあった。そのなかで、自分がいつしか男ざかりの歳になっていることに気づきました。パリではそれが、いわば裸の雄の感覚といったものにもなりました。古い広島の若い家長の男ざかりなんかとはまったく違うものだとつくづく思いましたね。

要するにそれは、わたしがいかにパリ式の個人主義に全身で染まっていたかということだ。パリはもう決していい時代ではなかったのに、わたしはみごとに染まっていたわけです。そのことにようやく気づいたころ、とつぜんドイツがポーランドに侵入した。二度目の世界大戦が始まってしまった。わたしは目が覚めたようになり、帰国のための荷造りを始めました。

帰国後一年して、わたしは広島在の村の旧家の娘と結婚しました。日本へ帰ってしまえば、結婚をしないわけにはいきません。太平洋戦争はまだ始まっていなかった。妻は薄暗い旧家で育った、世間知らずの利発なはたちの娘でした。わたしは結婚してともかくもよかったと思った。パリの疲れといったものがあったのかもしれない。街の音にしてもパリはうるさかったが、広島は静かで、古い穏やかさがありました。若い妻が体現している旧道徳もむしろ新鮮で、見ようによっては好ましくも見えた。静かで穏やかな広島は、その後無事に昭和二十年までつづいたのでしたが。

妻は、終戦の直前、原爆でやられて亡くなりました。まだ二十五歳だった。わたしが軍隊にとられていたあいだのこと、それはまことにやりきれなかった。妻は忽然と消えてしまいました。すでに子供が二人いたけれど、子供たちは無事でした。妻は建物疎開の跡片づけのため、隣組の人たちと一緒に街なかへ出ていてやられたのです。

戦後わたしはひとりで上京し、仕事を見つけて再婚しました。その二度目の妻というのが、いまから思えばパリのイヴォンヌとどこか似ていたのかもしれない。彼女には戦後解放された新しい女という気負いがありました。焼跡闇市の東京で、彼女は伸び伸びと働いていました。が、わたしに子供がいたので、そのうち仕事をやめなければならなくなった。それでも、特に文句をいうでもなく仕事をやめて、ちゃんと子供を育ててくれましたよ。彼女はわたしなんかより決断の早い、てきぱきした女でしたからね。

ただ、彼女はイヴォンヌのことは知らなかったが、最初の妻のことが気になるようでした。東京人の彼女にとって、広島の原爆で死んだという妻については、遠い土地のことでよくわからないだけに、かえって心の始末がつかなくなっていたのかもしれない。わたしが何も話さずにいるので、いつまでも亡妻の悲劇を忘れられない男だと思っているらしかったが、わたしとしても、原爆のことはすべて忘れたと言うわけにもいかない。彼女はそんな夫婦のあいだの不透明なものに我慢できなくなるところがあったのだろうと思う。

下の男の子が中学生になるころ、彼女は外から仕事をもらってきて、家で出版物の校閲の仕事を始めた。それを五、六年つづけ、男の子が大学へ入ると、彼女はとつぜん離婚したいと申し出ました。子育ても終わったことだし、単純に自由の身になりたいのだと言いました。二十年近くたっても、敗戦後の解放区のような自由を忘れていなかったんですな。彼女はやがて家を出て、まっすぐに若いころの編集者の仕事に戻っていったのです。

いま、ここにパリの市街図があるから、戦前の話に戻ることにしましょう。これを見ていると、たしかにいろいろ思い出します。不思議なほどですよ。まだ忘れていないことがたくさんある。この街をイヴォンヌと二人で歩きまわった一年というものがあった。わたしが知った個人主義も性の激しさも、当時のパリのいろんな街の名にいちいちつながっている。じつはそれは、どこもごく貧しげな街にすぎなかったんだが、その街の名からまだ忘れていなかったことがどんどん出てきてしまう。

　まあ、そういうわけなので、その一年の話をあなたにこまごまと書いてもらうことなどできるだろうか、と思うようになりました。そんな話は結局自分で書くしかないのではないか。そういう思いが強くなってきました。それで、イヴォンヌとのことは、ひとまずわたしが書いてみようかと思う。ともかくそれを書いて、あなたに渡します。うまくいくかどうかはわからないけれど。

　わたしの人生なんて、中途半端の連続のようなものでしたな。パリも中途半端のまま引きあげることになったし、そのあと日本の軍隊に入っても、まともに戦ったわけではない。戦後も、じつのところわたしは、二度目の妻のように単純に解放感を満喫するというのとは違っていた。妻は若かったが、わたしはもうすっかり歳をとっていましたからね。

　パリの日本人も、一九二〇年代なら中途半端ではなくて、もっと先までまっすぐ行けたわけですよ。思いのままに突き進んで、破産したり、身を滅ぼしたりしたのかもしれない。ところが、わたしらの場合は、まずヨーロッパの戦争があり、それから日本の戦争が始まって、いまふり返れば、人生が跡切れ跡切れになる運命だったと言うほかない。

　わたしはそんな時代をここまで生き延びてしまいました。だから、ただ生き延びたということを書くしかないことになる。わたしは原爆をも生き延びている。戦前の『自由人』のなれのはてが、悲しいかな最後に原爆に突き当たり、それでもわたしは辛うじていままで生き延びてきたのです。

年が明けてから、和生はまた荒木氏を訪ね、いよいよ書き始めるつもりになった。パリとイヴォンヌの話は、荒木氏がくわしく思い出して書いてくれると言ったが、彼の原爆の経験がもうひとつのポイントになるはずで、その話を聞かなければならなかった。

まだ松の内の寒い日だった。近くの小さな神社へ荒木氏と行き、初詣でのようなことをした。灰色の空の遠くが明るみかけていた。掘割りの橋を渡って帰った。ほとんどひと気がなかった。荒木氏は、深川の家を売って越してきてから十年目の正月だと言った。十年前、離婚に際してかなりのお金を渡し、彼はおそらく半分裸になって、いまの暮らしがあるのだった。

例によって、茶の間の炬燵に足を入れて向き合うことになった。荒木氏の背後の小さな食器棚の上に、正月用の水仙や千両や松の小枝を生けた花瓶があった。千両の小さな赤い実がいくつか、漆塗りの上にこぼれているのが見えた。

荒木氏は昭和二十年八月の話を始めた。広島市と近郊の地図が出してあった。当時彼は、広島市の西隣りの大竹市海兵団に、上等主計兵として服務していた。大竹海兵団は日本海軍最大の教育部隊だったという。

八月六日、海兵団では広島がやられたというので動揺が拡がった。翌七日、広島に家のある兵隊には三日間の外出許可が出、三日分の食料が渡された。軍がとつぜん、気前よく自由を配給するように、そんな配慮をした。それほど動揺していたということだろうか。

その朝、わたしらは事情がよくわからないまま、自転車に飛び乗りました、と荒木氏は話し始めた。兵隊はみな思い思いに自転車で広島へ向かったのです。宮島口を過ぎ、やがて海をへだてて広島市の全景が見えてくる。その遠い眺めは、なぜかふだんと変わらないようだった。が、その先から避難者がポツポツ現れ始めた。足ははだしの、埃まみれの人たちだった。廿日市《はつかいち》まで来ると、避難者がはや群れをなしている。沿道の家々はすべて大戸を閉ざしている。その半分以上に「忌中」の貼り札が出ている。

古江のあとほどなく、荒木の家のある高須だ。何町か先に背の高い洋館が見えてきた。川むこうの爆心地からは四キロくらい離れているが、国道から入った住宅地は、家がかなり壊れているのがわかった。戸障子が吹き飛び、ガラスの破片がたくさん道に積もっている。

わが家の門は閉まっていました。が、幸いに忌中の貼り札はなかった。まだ生きていてくれたかと思い、裏へまわって家に入ろうとしました。戸をあけたとたん、すぐそこにしゃがんで何かしている妹の目と出会った。妹は下から上へわたしを見あげたまま、ひとことも口をきかない。そのとき妹は、家にあった板切れを寄せ集めて、わたしの妻を入れるためのお棺を作っていたんです。

妻は、家具を取り払った応接間の床に敷いた蒲団に寝かされていました。顔は白布で覆ってあった。それを取り除くと、たしかに妻の顔がそこにあった。が、同時にそれは、妻の顔ではない別のものでした。言うならば、それは醜悪きわまる肉の塊りにすぎませんでした。

彼女は首から上が張子の玩具のように腫れあがり、眉と目と口の位置が均衡を失っていました。黄色くなった肌には妙な艶があって、指で触れればずるずると崩れてしまいかねない。焦げた頭髪は褐色で、乾した海草のように光沢がない。まだ二十五歳の妻の死顔は、まるで老若もわからず、わたしがパリで見た後期印象派の奇怪な作品を思わせるものでした。たしかにそれ以上の何物でもなかったのです。

母が来たので子供たちのことを聞くと、いま庭で遊ばせているという。応接間には入れないようにしてある。お母さんは遠くへ出かけたと話してあるということだ。事実、子供たち二人は芝生の庭で遊んでいて、四歳の姉のほうが、「お母さんはどっかへ行ってまだ帰ってこないの」と答えましたよ。

そのあとで、母から昨六日の妻の様子を聞きました。「女子義勇隊」という名前で一軒につき一人の割当てで動員され、妻は隣組の人たちと一緒に朝から爆心地近くへ出ていた。建物疎開の現場にいて、直接被爆したのです。全身に火傷を負い、人に助けられながら遠い道を歩いて帰ってきた。朝の九時半だったという。やっと家へたどり着くと、彼女は正面から血を浴びたような顔をして「子供たちは？」と聞き、それから静かに「もう目が見えません」とだけ訴えたそうだ。

母は急いで妻を抱きかかえ、台所の板の間に寝かせた。よく見ると、顔に血を浴びていたのではなく、顔の表皮がなくなり、赤い肉が露出していたのだった。母はあわてて、取っておきの食用油を出して塗ってやった。顔はまだ変形していなかったが、目はどうしても開かなくなっていた。そのまま夜になり、妻は十時ごろ死んだのだそうです。

わたしがその妻の死顔と向き合ったのは、ようやく翌日の昼前のこと、家を見てまわると、一部屋根が飛んでひどいことになっていた。戸障子も窓ガラスも吹き飛ばされ、壁の油絵にはガラスの破片がささらのように突き刺さり、ピアノも傷ついて満身創痍の姿だった。わたしはそれを見ながら虚脱していました。そこへ、隣組の人が、火葬場の用意ができたと言いにきた。そのときたまたま妻の兄も来合わせて、まだ日は高かったが、妻を蓋のない棺におさめ、二人でかついで近くの丘の上まで運びました。地面を少し掘りさげただけの急ごしらえの火葬場で、わたしらの隣組から三体、よそのが四体、遺体をそこに並べた上に藁と薪を乗せていきました。

点火は夜遅くになるというので、何もない丘の上だし、わたしらは引きあげることにした。暮れ方の広島の街のあちこちに、煙が盛んに立ち昇っていました。遺体を焼く煙にちがいなかった。川むこうの市街は遠いのに、濃い屍臭が漂ってきて、時に鼻を突くようでしたな。

翌日、わたしは親しくなった海兵団の友達と落合い、二人で市中を探索しに出かけました。

爆心地に近い家にいた彼の細君の行方がわからない。彼はすでに前の日、家の跡へ探しにいっていたんだが、何も見つけ出せずにいた。みごとに壊滅して死体がたくさんころがっている街を、その日二人は朝から晩まで歩きまわったんですがね、そこで見たもののことは何から話したらいいのか。ともかくあなたには広島の地図を頭に入れてもらうことにして、わたしもその日の道筋をたどってみることにします。

ところで、被爆者の死体には、大別して二つの型があるんです。ひとつは、腹部が破裂し、内臓がそっくり露出しているもの。体は全身褐色で、ミイラのように縮んでいる。たいてい前かがみの姿勢になって死んでいる。

もうひとつの型は、腹部が破裂せず、体全体がむやみに膨張して、巨大な黒人のように見える。手足をひろげて、空をつかむような格好のものが多い。皮膚は煤と油で煮しめたように黒光りしている。子供の場合も大人みたいに大きくなっている。川に浮かんでいる死体は、なぜかほとんどが巨人型だったように思います。

広島の街は、四本の川が平行して海へ流れ下っていて、だから橋がたくさんある。その橋は多くが焼失していました。わたしの家のほうから、もうひとつの焼け残った地域、宇品の港のほうへ出るには、西大橋、観音橋、明治橋、鷹野橋を結ぶ一本の道をたどることになるのだが、その道はさいわい橋が落ちていなかった。いまの平和記念公園の南です。その瓦礫のなかの一本道を、大ぜいの人がぞろぞろと歩いていた。

足もとには死体がころがっていましたが、道端の防火用水の槽のなかにも死体があり、陸軍の兵隊が長い丸太棒を差し込んで死体を拾いあげていた。槽のふちを梃子にして死体を丸太に引っかけ、外へどさりどさりと投げ出す。死体はどれも裸で、なかば腐り、なかば溶けていました。それが次々と五体も出てきて驚いた。小さな水槽に五人も人間が入っていたんだから。そんな例はほかにもあって、水が干あがった槽のなかで何人も重なって死んでいましたね。

死体をたくさん集めて積んであるところもあった。二十体ほどが井桁に組んで積み重ねてありました。死体は材木のように整然と組まれて、炎天下にみるみる腐っていくのです。

その日、友達とわたしはシャベルとつるはしを肩にかついでいた。友達の細君が焼跡に埋まっているはずだったのでね。でも、もし生きているとしたら救護所を探すべきだから、まず焼け残った宇品のほうへ行ってみるつもりだった。が、友達はすでに前の日、あちこち救護所を探し歩いて絶望的になっていました。

結局救護所はあきらめて、家の焼跡へまっすぐに向かいました。爆心地に近づくにつれ、広い道が一面瓦礫に埋まっていて、歩きにくくなってくる。近いところを三十分も難儀した末、ようやく家の跡にたどり着いた。七部屋もあったという屋敷で、焼跡がともかく広かった。そんなところを隅々まで掘り返すとしたら、一週間くらいはかかりそうでしたな。

わたしはシャベルを瓦礫のなかに突き刺してみた。瓦礫の層は厚くて、二尺ほど刺したがその先は刃がたたない。手を入れてみるとひどく熱い。白い軍手がまたたく間に狐色に焦げてしまうんだ。わたしはこれではとてもだめだと思った。友達もあきらめて、前の日に見た焼跡をもう一度見てまわるだけに終わったのです。

一日の市内探索を切りあげて帰るころ、川と海と空があかね色に燃えていました。いったん海に流された何百もの死体が、上げ潮に乗って戻ってくるのが見える。仰向いたもの、うつ伏せのもの、さまざまな死体がくっきりと浮かんで見えた。金色に輝く水面に、どれも巨人のようにふくらんだ黒いシルエットが、無数に浮かんでいたのです。そんな凄惨な眺めを、どんな画家も決して描けるものではないとそのとき思いましたね。

海兵団の暮らしに戻ってから、ソ連の参戦、長崎の原爆、終戦の詔勅と、大きなニュースがたてつづけに入ってきた。敗戦は思いがけないことではなかったが、老兵のわたしとしては、これで助かったという強い喜びがありました。八月十六日の夕飯には、軍隊ではじめて銀シャリが出た。まっ白い御飯です。以後、これまでにない御馳走が出るようになった。海兵団にあるものは惜しまず食べさせる、ということらしかった。下士官から上の者は、連日酒保の酒を飲んでドンチャン騒ぎでしたよ。

兵隊から先に復員させるということで、わたしは終戦から十日足らずで解放され、妻が死んだ高須の家へ帰りました。これで二人の子供を孤児にせずにすんだと思いました。二人はたまたまガラスの破片の嵐に襲われることもなく、きれいな子供のままわたしを待っていました。

家へ帰ってからしばらくのあいだ、わたしは原爆被害の跡を確かめるため、毎日のように出歩いていた。戦前は新聞記者だったんでね、何でも確かめずにはいられないんですよ。地形によって被害のさまが違うのもよくわかった。原子爆弾というものの科学にも興味をもって、あちこち聞いてまわりましたよ。

原爆投下を知らせるアメリカ側の第一報は、八月六日朝十時ごろのグアムからの放送だったこともわかりました。そのあと、本土のサンフランシスコやオーストラリアの各地から、「われわれは広島の原子爆弾攻撃に成功した」と次々に放送があった。ところが、東京の通信社がそれを聞いて参謀本部や軍令部に知らせると、たちまち一笑にふされたという。おそらく彼らは、アメリカの原爆情報を十分持っていなかったのだ。だから、広島の被害の深刻さも、はじめは一向にわからなかったらしいんだね。

わたしは軍隊にいて、日本軍上層部の馬鹿馬鹿しさに心そこ厭気がさしていました。だから、広島の犠牲があって戦争が早く終わったのならよかったとさえ思った。妻を失ったのも仕方がないと、半分あきらめる気持ちがありました。

街で被爆した人たちも、不思議にアメリカを憎むことばを漏らさなかった。彼らの場合は、広島が一瞬のうちに壊滅して、とつぜん巨大な天変地異に見舞われたようなものだったのかもしれない。実際、ごく少数の機による空襲で、彼らは敵の姿を直接見ていないし、たぶん空襲そのものも見なかったのでしょう。だから、何か不可抗力のものにやられたというふうで、彼らはただ「えらいことでがんしたのう」と、互いに言い交わすことしかできなかったのだ。実際、あの地獄絵の街で、人々は不思議に静かでしたね。

　そのころわたしも、特にアメリカを憎むようなことは言わずに、むしろ日本の戦争指導者を悪く言っていました。すると、知識階級の相手からは、「あなたは長いこと西洋にいたから、アメリカなんかに理解があるんだね」というような厭味を言われることがありましたがね。

　あの戦争の時代は、日本の近代化のため本気で西洋に学ぼうとした者ほど苦しかったともいえます。日本は明治以来、たしかに大いに努力して学んで、わたしもおのずからその歴史の一部になっていました。その歴史が途中から世界の動乱に巻き込まれ、方向を見失って、先進諸国と正面から戦うところへ追い込まれた。その破滅の光景が、わたしが見て歩いたあの広島ですよ。わたしのパリ時代からたった十年、あちらでイヴォンヌとつき合うあいだ思いもしなかったようなことが起きていた。若いわたしがパリ式の個人主義に染まっていたあいだに、世界は急変していたというわけだ。考えてみれば、わたしの歴史などまったく愚かなものだったということになります。

　広島の被害を見て歩く日々のなか、わたしは家で妹たちとも話しました。妹は二人いて、どちらも広島のミッション・スクールを出ています。たまたま二人とも市外にいて被爆はしていない。その二人が口を揃えて、史上はじめて原子爆弾を日本に使ったアメリカの、非人道的な残酷さを非難するのです。二人ともアメリカ人の教師に教わって大人になったのですがね。家のなかで聞く妹たちの話は、わたしが街を歩いて聞いた庶民の話とは違っていて、その元気のよさが新鮮に聞こえるようでもありました。

和生は荒木氏の話を録音したテープを、その都度アパートで文字に起こしていった。その作業をしながら、荒木氏には同じことを何度も話してもらおうと思った。話すたびに多少違う言い方になるし、面白い表現も出てくる。時に荒木氏の若々しいウィットに触れることがあるので、それをうまく生かしたいとも思った。

若い荒木氏が、パリで身につけたという自由の感覚については、同時代の他の洋行者の例をもっと調べてみたくなった。が、その前に、すでに知られている一九二〇年代の日本の自由人について考え始めていた。世界が暗転し始める前の短い時代のことだ。荒木氏が自分のことを、愚かな歴史の一部とみなすようになる前の洋行青年の話である。

奔放な活動家の青年が日本を飛び出し、フランスで警察につかまり、パリの監獄で暮らすということがあった。一九二〇年代のパリといえども、政治的にはなかなか窮屈だったらしいのである。

その青年大杉栄は、無政府主義者として、きわめて大胆に国際的な活動をしていた。偽造パスポートを使って、中国やヨーロッパへ渡っている。どこでも監視の目がきびしいのに、それを当然のこととして自在に動きまわっている。当時どこの国にもアナーキストの同志がいて、彼はそれを頼ってどんな遠い国へも行けたのである。

荒木氏が用意した資料のなかに、大杉栄の『日本脱出記』があった。和生は自分でも文庫本を買って読んでみた。大杉は結局関東大震災後の混乱のなかで殺されるのだが、その直前に書き残した旅の記録で、和生はその面白さに驚き、ひと晩で読んでしまった。

大杉は国際アナーキスト大会が開かれるドイツへ入るため、フランス・リヨンの同志を訪ねて相談したり、パリへ戻ったりするかたわら、街の女たちと関係をもちつづけている。そのうちメーデーとなり、彼はパリ郊外の町サン・ドニの集会に参加、飛び入りの演説をして逮捕される。すでに日本から指名手配されていたのである。彼は取り調べがすむや否や、不敵にもその場で眠ってしまう。「留置場へぶちこまれた時にはすぐ横になって寝てしまうのが、僕のなが年の習慣になっていたのだ。」

翌日彼は囚人馬車でラ・サンテ監獄へ運ばれるのだが、そのときも「監獄のひやかしのような気になって」広い内部を物珍しげに見ながら独房へ連れられていく。彼の房はガラス窓が大きくて明るく、そんな部屋はこれまでの安宿にはなかったので、彼はパリの独房を気に入ってしまう。

監獄の食事はひどくまずいが、金を出せば外のレストランからうまいものをとることもできた。ワインとビールは差し入れが許され、大杉はもともと酒が飲めないたちだったが、この際酒の味を覚えようと思い、毎日白ワインを飲むことにする。煙草も葉巻なんかが自由にのめる。

日本とは違う「のん気な牢屋」である。彼はワインを「ひまにあかして一日らびりちびりとやって、いい気持になってはベッドの上に長くなっていた。」そして、関係をもった女たちのうち、ひとりの踊り子のことを思い出したりする。が、それはいわゆる「春情」なんかではない。「ただ春の心なのだ。本当にのどかな、のんびりした呑気《のんき》な気持なのだ。いつも忙しい、そしておぜいの人との交渉の多い生活をしている僕には、実際なんの心配もないたった一人きりの牢屋の生活ほどのうのうするところはないのだ。」

結局大杉は、三週間ラ・サンテ監獄にいて国外追放となり、日本船で帰ってくる。彼はロシア革命支持ではあったが、日本のボリシェヴィキとは関係が悪かった。あくまでアナーキストの個人として、自由を求めつづけた男だったが、日本では二六時中警察に尾行されていた。が、そんな人物の臆するところのない目が、私的な旅行記を面白くしている。危険をおかして入り込んだ先進の西洋世界を美化するところもない。労働組合至上のサンディカリストでありながら、直接触れ合った労働者階級の人々を、理想化するような甘さが少しもない。逆に、彼らのことを「野蛮人」とか「乞食のよう」とか「日本人よりも顔も風《ふう》もきたない」とか平気で書いている。花のパリの見聞記を「パリの便所」という題で書き始めているが、すべて同じ伝だといえる。

和生は、一九三〇年代パリの荒木淳造青年の生活感とはどういうものだったのだろう、と思った。それをもっとくわしく知りたかった。彼は密入国のアナーキストではなかったのだし、奔放自在に行動して、無遠慮なことばを発しつづけたわけではなかったかもしれない。パリの貧しい家ではまだランプを使っていた大杉のころから十年たち、たしかに時代も変わっていた。が、彼もまた自由の感覚に激しく突き動かされて、少なからずアナーキスティックになっていたのではないかという気がする。ひそかに大杉栄に共感していたのかもしれないのだ。

荒木氏は軍隊の経験を語るとき、薄く笑って「天ちゃんが」と言うことがあった。天皇陛下のことだ。原爆については、米軍はなぜ東京から遠い街ばかりを狙ったのだろうか、とも言った。戦争終結のためなら、当然東京を狙ったほうがいい。むしろ、東京のどまんなかに原爆を落とせば最も効果的だが、アメリカさんはそうは考えなかったのかね、と急に奔放な調子になって言うことがあった。

ともあれ、荒木氏にはもっともっと語ってもらわなければならない。イヴォンヌとのことは、彼は自分で書いてみると言った。大杉栄は政治活動のかたわら、貧しいパリ娘らと関係をもったが、若い荒木氏はイヴォンヌによって単調な経済学徒の時間の外へ誘い出された。そして、パリの若者の個人主義と性と自由を身をもって受け止めたのだ。五つ年下のイヴォンヌの思いがけない激しさから、おそらく彼ははじめて自分が雄になり、自分の男ざかりが始まったのを知ることができたのだ。

そのときから戦後に至るまでの、三十年近くにわたる話をこれから書いていく。荒木淳造の男ざかりの三十年である。ただそれは、パリから東京深川まで、まっすぐに伸びている道ではない。彼自身言うように、まっすぐに伸びかけて何度も折れ曲がってきた道だ。その曲折は、なるほどいちいち大きかった。それがいまよく見えるようになった。イヴォンヌ相手に実感できた雄の力も、その後何度も矯《た》め直されて、現在、左足を引きずって歩く老人の姿になっているのだ。

和生は、それなら自分の男ざかりというものはあるのか、と思ってみた。荒木氏と向き合ってはじめて、それを意識する気になっていた。荒木氏の出発点となった自由感に似たものはいまあるが、そこから伸びていくまっすぐな道を思い描くことなどできない。それの曲折ももちろん想像できるわけがない。そんな漠然たる思いのなかに、荒木氏の三十年のほうはかなりはっきり見えてきている。他人の男ざかりが知らぬ間に自分のなかへ入り込んでいるようだとも思う。

それならそれを、自分自身の過去を回想するように書いていくのだ、と思った。これから書くうちに、荒木淳造の三十年がむしろ自分のなかから掘り出されるように思えてくればきっと面白いだろう、と思った。

第十二章　街の果て

出版社の田川社長に連れていかれたスナック・バーは「あけみ」という名前だった。和生は荒木家で昔の話を聞き、テープにとって帰るとき、何度か「あけみ」へ寄ってみた。いつも友絵がいて、やがて彼女と店の外で会うようになった。

友絵は錦糸町に近いほうの小路の奥のアパートに、二人の妹と暮らしていた。彼女が学生のころ住みついたアパートで、そこへ上の妹が来たあと、昨年短大へ入ったばかりの下の妹が加わり、三人になったのだという。

和生は下町の地ではじめて、若い娘を知ることになった。それはわざわざ遠くまで通うようなつき合いで、その相手が、大学を出たばかりだというのに、一見プロのホステスふうの友絵だった。荒木氏はそんな友絵を前にして戸惑いを隠さなかった。大学卒業生かホステスか、どっちかにしてくれと言わんばかりで、冗談ひとつ言うのにも幾分迷うようなところが見えた。

和生が友絵のアパートへはじめて連れていかれたのは、冬の日がとっぷり暮れて、裏小路の闇が深まるころだった。小路の闇を突き当たりのへんまで歩き、ようやく玄関の明かりの下に来る。ふり返ると、小路の入口が遠くに、トンネルの口のように見える。

アパートは学生寮のように大きく、がらんとしていた。木造の古い建物がどことなく暗かった。友絵姉妹の部屋は明るく、石油ストーブを盛大に燃やしていて暖かかった。それが下町世界の奥に燃える火というふうで、その火の色に誘われてそこまで入り込んだのだという気がした。

たしかに友絵のところは女くさかったが、ほかの部屋は男ばかりで、学生が多いようだった。ギターの音や流行のフォーク・ソングを歌う声が時どき聞こえた。

上の妹の貴子は、大学工学部の四年生だと言った。肌の色も顔立ちも友絵に似ていたが、ちょっとした違いで貴子の顔はよく整って見えた。二人の顔を並べると、印象を分かつきわどい一線がわかるようで、面白いと思った。なるほど、友絵のほうは整った造作を絶えず揺り動かす力を秘めた顔なのだと思えた。貴子は真面目な勉強家らしかったが、友絵は自らそんなまともさを崩したがるところを持っていた。貴子はすでに就職試験を終え、春から電機の会社に勤めるのだと言った。

下の妹のまみは、女子短大へ通ううち明るくなって、みずみずしい娘らしさを見せ始めていた。男ばかりのアパートで友絵も貴子も他の住人とのつき合いはないようだったが、まみの可愛らしさは男たちの目を惹くにちがいなかった。が、彼女はまだ男友達をつくる気もなく、いつも姉たちのそばを離れずにいた。

　アパートの一室に姉妹三人が揃い、さすがに窮屈になったので、二階にもう一部屋借りて、友絵はそこで寝泊まりするようになった。下の部屋のダブル・ベッドに妹二人が寝、友絵は二階の小部屋のシングル・ベッドに寝ることにした。

　和生がアパートへ行くと、貴子は姉と一緒に和生の話し相手になったが、まみが話に加わることはなかった。まみは和生の顔を見るより早く、いままで見ていたテレビをかかえて二階の部屋へ逃げていくことがあった。ふだん姉が寝る部屋へ逃げ込んで、ひとりでテレビを見るつもりなのだった。「あの子あれで力持ちなのよ」と、友絵はクックッ笑って言った。「とつぜん馬鹿力出して、テレビを胸いっぱいにかかえて、階段をぐんぐん登って行っちゃったのよ」

　友絵と貴子は同じくらいの背丈ながら、姉は大柄に見え、妹はやせぎすだった。貴子は一本気ながんばり屋で、いったん思いつめると体が見る見るやせて、寝込んだりすることがあった。友絵はそんな貴子を、姉として大事に思うところがあるようだった。彼女を和生に会わせる前から、「妹はあたしよりきれいだし、優秀なのよ」と言っていた。事実、貴子は工学部の勉強をやりとおして大会社に就職し、エンジニアの道を進もうとしていた。

　友絵と外で過ごしてアパートへ寄ると、妹たちがいない日があった。三人の広い部屋ががらっぽで、遠くの部屋でギターを弾いて歌うのが聞こえた。学生たちの気配はいつもどおりだった。こちらでも友絵が和製フォーク・ソングを歌い、和生も教わりながら歌ってみた。友絵の声は夜の酒場にも向きそうだった。声がふだんよりずっと低くなり、ハスキーになった。が、彼女が働いている「あけみ」では、若者の歌を歌う客は来ず、友絵が歌を聞かせることもないらしかった。

和生は、男の学生たちに囲まれた女三人の住まいをあらためて見まわした。そこだけ孤立しているような、必ずしも孤立していないような、あいまいな感じだと思った。日ごろ彼女らは、男たちの気配を気にする様子を見せなかった。友絵はもちろん、下の二人も平気で暮らしているらしかった。アパート全体が、歳の近い若者たちの気安い雑魚寝《ざこね》の場所みたいだと思えてきた。

和生はいまになってまた、そんな場所へ友絵と一緒に入り込んでいるのだと思った。遠路はるばる川を渡ってそこへ来ていた。歳が十年若い学生たちの場所だった。友絵が見かけの大人っぽさを裏切って、彼らと同じ気分で暮らしている場所なのだった。「あけみ」の外で会うち、友絵のその一面がわかってきていた。

広大な下町世界のただ中に、荒木氏の独居の場所があり、友絵姉妹の住まいがあった。荒木家の茶の間で語られる話は、次第に積み重なって重味を増し、和生はそれが自分の底にたまっていくのを感じた。一方、友絵とつき合うときの自分のことばは、知らぬ間に軽々しくなるのがわかった。あらためて自分の身軽さを思うことができた。

友絵と休日に会うときは、一緒に昼間の街を歩きまわった。かつてトラックで走りまわった街が、違うものになってきた。それが意外に面白かった。見た覚えがある街も、友絵と歩くと再び知らない街のように変わった。トラックの運転台から見るのと、地面を友絵と歩いて見るのとでは違っていた。

時に友絵は、いまでは街の空気にそぐわなくなっている大学紛争のころの話をすることがあった。

「あたしほんとは、女子大にでも行ってればよかったんだけど」と、半分冗談めかして言った。

「それが、男ばかり多い、名前からして男くさいような学校へまぎれ込んでしまったんだから。それがいまでは不思議なくらい。そのうち紛争が始まって、学校はいよいよ男中心の大騒ぎになって、どんどん暴力的になっていった。あたしなんかもう寄りつけなくて、何だか無力感があったの。それ以来あたしはずっと中途半端なままよ。何もしてこなかったたってわけ。あたしはいっそもっと勝手に堕ちてしまえばいいって思うこともあったわ」

「そんなに本気になっていたことがあるのか。信じられない。しかし、そんなふうに思うことはないじゃないか。それはあのころの無理な思い方というもんだよ。それにしても、男ばかり多い大学で乱暴に揉まれて、いまみたいになったってところもあるんじゃないの？　あなたは怖いものなしみたいに見えるんだがな」

「どうしてそう見えるのかなあ。あたしはほんとは男は苦手なのよ。男くさい世界ってだめなの。ずっと女ばかりで育ってきたんだし」

「それはわかるけど、あなたが男くさい大学を選んだっていうのもわかる気がする。あなたはたしかに女くさいよ。堂々たる女くささだよ。それが貴子ちゃんやまみちゃんと違うところだ。だからこそ、苦手なはずの男たちのほうへ行ってしまったんじゃないの？」

「そうかなあ。そんなこと自分ではわかんない。ともかく、何となくあの学校に入って、紛争の暴力騒ぎにぶつかって、それからいままであたしはずっと中途半端なの」

和生はしばらく、新橋のスナック「アトランタ」へは行っていなかった。が、友絵とつき合いながら、しばしばあの店のことを思っていた。友絵もあそこの女たちと似たような育ちなのだとわかってきた。ものの言い方もどこか似ていた。たしかに彼女らは、いろんな大学で学園紛争を経験し、そこからいまやデモが消えていく街のほうへ出てきているのだった。

隅田川のこちら側からは「アトランタ」は遠いが、友絵を見ながら自然に川むこうの演劇少女たちを思うことができた。和生が会社をやめて出てきた街で、彼女らと同じような娘とここでもまた出会うことになったのだと思った。

下町の繁華街は、清涼飲料を配送しながら何ヵ所か見覚えていた。和生は友絵と夜の街へ行き、一緒に安いウィスキーを飲んだ。友絵はウィスキー好きだったが、男くさい大学へ入ったころに覚えて、ずっとそればかり飲んできたのだと言った。いま「あけみ」で飲まされるのもウィスキーなのだった。

一緒に飲んだあと、知らない街を歩いた。友絵の胴体はよくくびれていて、和生の腕にうまくはまり込んだ。大柄な娘の気持ちのよい重みがしっかり預けられていた。

ネオンの光を上から受けた彼女の胸もとがきれいだった。いかにも広々として見えた。キスをすると、ぼってりした唇がひたと吸いつき、唾液があふれる口の内側がまた広々と感じられた。

和生は目のすぐ下の友絵の顔を見た。造作が整いかねているような細部が見えた。肉の温かみといったものが目近《まぢか》にあった。ほとんど野卑な力を秘めた顔だと思った。

それをほんの少し整え直したのが妹の貴子の顔だった。あるとき、彼女が姉にそっくりなのに気づいたことがあった。友絵に連れられてアパートへ行き、部屋に入ったとたん、うたた寝していたらしい貴子が驚いて起きあがった。その瞬間の顔が姉とほとんど同じに見えた。両目がチグハグにとび離れたようになり、鼻も幾分上を向いていた。深い眠りの力が、ふだんの顔を変えていたのだった。

友絵はどうやらまだ性の経験がないらしかった。「失礼ね。そうは見えないって言いたいんでしょ?」と、すねたような言い方をした。が、そう言いながら、彼女はやがて激しく和生に応えてきた。濃厚な女くささがあふれ出た。すでに十分に成熟したものが貼りついてくるというようだった。

そのあと、激しく息をつきながら、友絵の顔は少し歪んで、目鼻がはっきりばらばらになりかけていた。特に眉毛が目から離れてしまい、ふだんの造作を一段と突き動かす力が、彼女のうちに動いたあとの顔だとわかった。

和生は荒木氏の話の広島の場面を、ふと思わずにいられなかった。荒木氏が語ったとおりに、被爆した彼の妻の顔の目鼻の位置が「まったく均衡を失っていた」と和生は書いたところだった。頭のなかのそのことばが変な肉感を帯びてきた。和生はひそかにたじろいだ。こんな場面で広島の人の死顔を思い描くとは、何と恥知らずなライターだ、と思った。

友絵の体が親しいものになってから、和生はめったにアパートへは行かなくなった。貴子が敏感に察して、和生が行くのを喜ばなくなっていたからだ。友絵は貴子のことばをいちいち和生に伝えて面白がった。「お姉ちゃんは最近変な空気をもってくる。いやだなあ」と言うのだぞうだ。もともと貴子は、姉がスナックで働いたりするのがいやで、店の客の和生を連れて帰ったりするのに我慢ならなくなっていたのかもしれない。

下の妹のまみがそんな貴子の側についた。彼女は外へ出るより家のことをするのが好きで、毎日炊事を引き受けて、会社から疲れて帰る貴子を支えるようになった。友絵は「近ごろあの二人はまるで夫婦なの」とおかしそうに言った。何となく自分にそむき始めたような二人のことを言いながら、友絵はそれでも機嫌がよかった。

和生はその後も友絵と会えば、アパートの空気を思い出した。どこか学生たちが雑魚寝しているような家の空気だった。十年くらい年下の若者の熱があそこにこもっていた。それがなまぐさいようでもあった。友絵はそこからひとり街なかへ出てきて、年上の和生と向き合っている。そして、ふだんアパートではしないことを和生相手にして、あげくに体の底から明るんだようになる。

同伴喫茶のなかは蒸し暑いほどだった。友絵は薄暗いところで胸もとを拡げたまま、半分眠りかけていた。和生を置き去りにした短い眠りだった。重たげな両の乳房がそこだけとり残されたように白かった。広い胸のきめのこまかい肌が、かすかに陽にあぶられたような色を帯びて汗ばんでいた。

それは友絵が「あけみ」へ出るときのけばけばしい化粧や、貴子がいう「変な空気」とは関係のない、彼女の健康な生命そのものの拡がりだと思えた。それがきれいに洗い出されたように和生の目の下にあった。胸が上下するとき、強い肺の力が感じられた。

半裸の友絵には、田舎の日なたくささのようなものもありそうだ。和生はそう思い、薄暗い喫茶店にいながら、広大な下町の地の果ての田舎を思い描いた。友絵がそんな田舎に住み、彼女の健康な女くささがつくり直されるさまを思ってみた。そこで光を浴びて、友絵の顔の卑俗さが眠り呆けたようにあいまいになり、その上に田舎の光がまぶしいくらいにたまっている様子を思い浮かべた。

荒木氏の広島の話を書きあげて、和生は次の話にかかろうとしていた。敗戦直後の東京の話だった。妻を亡くした荒木氏の東京彷徨の数年を、どこまでくわしく書くかが決まらなかった。荒木氏が語る話も、こまかいところがもうひとつはっきりしないきらいがあった。和生のほうも、荒木氏が転々と移り住んだ下町の、当時の暮らしも地理も、知識があやふやだった。

荒木氏の男ざかりの第二幕あるいは第三幕をどう書くかだった。広島からひとり上京した彼の焼跡暮らしと、その後編集者の女性と再婚してからのことである。多分にすさんだ暮らしのあと、食料事情もよくなり、心機一転の再出発があったのだろう。

荒木氏からその話を聞いていくと、本所・両国のバーのことが何度か出てきた。彼は、じつはあそこで怪我をしたのだ、自分がびっこになったのは、あそこの急な階段をころげ落ちたからなのだ、と言いだした。

もう階段が登れないので、あれ以降行ってはいない。が、店はいまもつづいている、というのだった。店の主人のことも教えてくれた。和生はさっそく両国まで行ってみることにした。

古いモルタル造りの家の二階だった。和生は狭い階段が、聞いたとおりに急なのを確かめながら登った。カウンターのむこうに初老の主人が立っていた。彼のシャツのチェックの柄は若々しかった。和生はテーブル席ではなく、カウンターの丸椅子に坐り、カクテルをつくってもらった。

二杯目を注文したところで、荒木淳造氏の名前を出してみた。主人はよく憶えていると言い、むこうから何やかや聞いてきた。目を光らせて、二十年も前の客のその後を知ろうとした。和生は荒木氏のいまの様子をかいつまんで話した。

「荒木さんがいちばんよくうちへ見えていたのは、小岩に住まれていたころでしたね」と、主人はすらすらと話し始めた。「終戦の翌々年に店を出して間もないころでしたよ。都心から小岩へ帰る途中に寄られたんですな。まだおひとりで、何をしている人かわかりませんでした。あのころは正体がわからないような人ばかりの時代でしたがね。ともかく、荒木さんはものの言いようが奔放で、最初はちょっと驚きました。新聞記者かしらと思っていたら、たしかに昔は新聞記者だったと言っていましたが」

「小岩のころというのも、そんなに長くはなかったようですね」

「そうねえ。その後どこから見えていたのか、次々にどこへ引っ越されるのか、よく知らないままのおつき合いでしたよ。たしかに小岩のころより、店に見える回数は減っていきました。やがて結婚もされたことですし。その結婚のころ、わたしははじめて、荒木さんが広島の原爆で若い奥様を亡くされたという話を聞いたのです。そんなことは想像もしていませんでした。実際、ふだんあの人は決して泣きごとを言わず、弱ってなんかいなかった。むしろ精力がギラギラしていました。そういえば、ちょっと無理にはしゃぐ感じがないでもなかったですが。多少荒れているところもあったのか、ほかのお客と喧嘩をすることがありました。そういうときは、こわいような激しさでした。まあ、荒木さんも若かったんですよ。ものの言いようが奔放なだけでなく、人にぶつかっていく激しさがあった。ともかく当時は、世間がずいぶん荒っぽかったことですし。でも、あとから原爆のことを聞いて、荒木さんの東京暮らしがどんなものか、何となくわかる気がしてきました。東京はこれだけ人がいても、だれも原爆のことなんかろくに知らなかったんですからね」

「ところで、例の事故があったのは、だいぶあとのことですよね。結婚後何年かたってからでしたか」

「ええ。荒木さんは結婚後、店へはあまり見えなくなっていました。さすがに落着かれたのだろうと思っていました。ところがその日、久しぶりに見えましてね、アメリカ人の新聞記者と一緒でした。わたしはそのときはじめて、荒木さんが戦前何年もフランスで暮らした人だということを知ったんですよ。戦前のアメリカも御存知のようで、驚きましたな。荒木さんはその日、アメリカ人相手に、英語と日本語と時にフランス語もまぜて、大きな声で話していました。東京の空襲でこのへんも川のむこうも全部焼けた、というようなことも言っていましたね。さいわい自分は経験しなかったが、それは猛烈な空襲で、ひと晩に十万人死んだそうだと言うと、アメリカ人はそれではあなたの出身はどこか、と聞きました。荒木さんはとっさに広島と言う代わりに、山口だと答えた。本州の西の端ですよ、とね。広島なんて言うと、あまりにたくさんのことを話さなければならない。だから、その代わりに、岩国の錦帯橋の話なんかしていました。アメリカ人も米軍基地の岩国は知っていましたが」

「相手が新聞記者なら、荒木さんはさぞ元気だったことでしょう。議論のようにもなっていましたか」

「いや、議論というより、まあ談論風発ってところでしたね。陽気で賑やかで、ウィスキーのピッチもあがっていました。ニューヨークの話なんかもしていたようでした。以前はよく喧嘩になったのに、そうはなりませんでした。そのうち、もう帰ろうということになって、荒木さんが支払いをして、うしろにいたアメリカ人の肩を抱いて、大声で笑いながら階段の上まで行った。半分うしろ向きになっていた。そして足を踏みはずしたんですよ。ダ、ダ、ダ、ダってい うひどい音がしました。頭を打たなかったのでまだよかったが、腰をひどく打ちましてね、階段に長々と伸びたようになって、もう動けませんでした。救急車を呼んで、うちの女房についていかせたんでしたが」

　荒木氏がそれ以来店へ行けなくなった晩のことを、主人は目に見えるように話してくれた。荒木氏は何とか死なずにすんだが、主人はまるでその日死んだ人のことを話すように話した。荒木氏の小岩時代に、二人が十分親しくなっていたことがわかる話し方だった。

　その数日後、和生はまた出かけて、総武線の両国の先、千葉県へ入る手前の小岩まで行ってみた。小岩のへんは空襲にあっていなかった。荒木氏はパリ時代の友達の古い家に間借りしていたというが、住所も正確に憶えてはいなかった。だから、和生が街を歩いても、何がわかるわけでもなかった。が、いまの街の空気から、荒木氏の戦後が何とか想像できる気がした。当時のとげとげしくすさんだ心も想像できた。パリ時代の友達と何を話していたのだろう、と思った。両国のバーへ寄って帰るこの街はたぶん暗かったことだろう。ふと古い穴に落ち込むようだったかもしれない。それでも、焼跡の街にはない穴の底の安らぎといったものもあったのではないか。

その日、小岩の駅前からバスに乗って、江戸川のほうへ出てみることにした。街から田舎のほうへ、という思いが浮かんでいた。午後のバスは満員だった。街道をしばらく北上したところで降り、川へ向かって歩くと、そちらはほとんどひと気がなかった。

清涼飲料を配送していた風雨の激しい日、黄色い土埃が大きくふくれあがっているなかへ、トラックが橋の上から突っ込んでいった土地がたぶんこのへんだった。あれは荒川の長い橋だった。驟雨と強風が、遠い山と野の匂いを吹きつけてきた。街が尽きる果ての広いところへ誘い出されていくようだった。大気が関東平野の奥から巻きあげる土埃の下に、広漠たる田舎がひらけるかと思えた。トラックが酒屋の前で止まらずにどこまでも行けば、見知らぬ不思議な場所に突き当たりそうだった。が、いま実際に歩いてみると、そんな場所の気配はどこにもなかった。

行手をさえぎる江戸川の堤防の上へ登った。明るい春の空がひらけ、遠い向こう岸の緑が浮かびあがった。土埃のない眺めが不思議に鮮やかに見えた。東京の街は堤防の足もとまで来て終わっているが、広漠たる田舎に呑み込まれているのではなかった。川向こうは千葉県で、小高い住宅地の緑がよく茂っている。川のこちらの河川敷が広いが、田舎の田畑がどこかにあるわけではない。

和生の足もとまで来ている街は、ぎっしり建て込んでいるのに静かだった。堤防の道を川上へ向かって歩きだしたが、人も見えず、音が何もなかった。水色の空を見ながら、春になったのをあらためて感じた。騒がしい経済活動の場からひとり離れてきてはや一年になる。人々が密集して動く過密な世界をまだ忘れてはいないが、あれはもうずいぶん遠くなった。あの息の詰まる密集の場所からようやくここまで来たのだ、と思った。幸いに、空気の過密感を意識することは、この日ごろもうない。

女たちや荒木氏とつき合いながらの一年だった。和生は、つまるところ常に金のことに心を労しているといっていい男たちの集団から離れる気になったのだったが、南洋へ行く船の上で知り合った荒木氏も、陸《おか》の上では、長く経済を専門にしてきた人だった。が、彼の経済学は、数式を多用する抽象的なものになっていったようだった。彼もまた、男ざかりの日本経済の、なまな現場から何歩か離れて生きてきたのかもしれないのだ。

河川敷には鴉が群れている。もっと歩くと、鴉より小さな白いカモメがたくさんいる。電車が現れ長い鉄橋にさしかかると、とつぜん大きな音がする。ほとんど無音のところに唐突に金属音がはじける。白い鳥の群れがいっせいに飛び立つ。

和生はその眺めを見ながら、夜の街の友絵の姿を思い出していた。四、五日前、ネオンの明るい通りを二人はもつれ合うように歩き、それから暗い横丁へ入った。行手に骨接ぎの家の明かりがひとつだけ出ていた。その先、道は曲がっていて、やがて小さな旅館の灯が現れた。和生が誘うと、友絵はひどくあわてて和生にすがりついた。強くすがりついたまま、明るい通りのほうへ出ようとした。無事に通りへ出てしまうと、人が多いのも構わずむちゃくちゃな勢いで抱きついてきた。

日ごろ友絵は「あたしは中途半端なの」とよく言っていたが、それはこういうことでもあったのか、と和生は彼女の勢いに戸惑いながら思った。全身でこわがっていると思うと、何だかおかしくもあった。「中途半端」ということばを「ちぐはぐ」ということばに置き換えてもよさそうな気がした。彼女の大胆な姿態と臆病な心がちぐはぐなのは、たしかにいつものことだともいえたから。

堤防の道で和生は、あらためてそんな友絵の日なたくさいような体を思った。ここに田舎の眺めはなくても、友絵は夜の街よりむしろこのへんの光を浴びるのにふさわしい女なのではないか。街の果てのここなら、彼女の健康な生地がもっとはっきり見えてくるだろう。ここまで来てしまえば、ふだんの友絵の「中途半端」も「ちぐはぐ」も、いつしか見えなくなってしまうかもしれないのだ。

はじめて新橋の「アトランタ」へ木田はるみに連れていかれたのも、一年近く前のことになる。ママの千鶴子は中途半端でも何でもなかった。知り合って間もなく彼女と泊まった旅館街は、たしかに戦後を思わせるものがあった。千鶴子と一緒に一時代前に踏み込むような思いになった。友絵が入るのを怖れたこちらの街の旅館も、焼跡に建って以来何も変わっていないように見えた。ちょっとした植え込みのある古びた玄関口がそっくりだった。

千鶴子自身、東京にそんな旅館がたくさん出来た二十代に遊び歩いて以来、そのころの姿があまり変わっていないのにちがいなかった。いまの男とつき合う様子をそのまま、二十年前に持っていってもよさそうだった。彼女とつき合ううち、和生はそんなふうに思うことがあった。千鶴子が十歳年上なら、友絵やはるみは十歳年下だが、この一年自分は両者のあいだにはさまれて、同じ時代の二十年を往き来してきたようなものかもしれない、と思った。

かつての千鶴子の遊び盛りは、荒木氏が両国のバーの階段をころげ落ちたころに当たるのではないか、とはじめて気がついた。あるいは、それより少しあとだったかもしれない。が、いずれにせよ、千鶴子の遊び場は下町ではなかったらしい。当時、千鶴子もアメリカ人とつき合っていた。その関係は、これまで思っていたよりたぶん深かったのだ。その意味では、「アトランタ」のおばさんが言っていたことも間違いとは言えないのだろう。

とはいえ、戦争花嫁の時代はすでに過ぎていたから、千鶴子はただのアプレ・ゲールの蓮葉娘のまま、アメリカへついていくこともなく、男の出身地アトランタを店の名前にして、ずっとひとりで生きてきたのにちがいない。

堤防の道はただまっすぐに伸びていた。和生はなおも川上へ向かって歩きつづけた。はるか先まで人影がなかった。左手の堤防下の街は、見渡すかぎり低い二階家が連なり、たぶんそれは昔から変わらず、高い建物というものがない街らしかった。そうか、このへんは空襲で焼かれなかったのだ、と思い当たった。下町大空襲はそのむこうの荒川放水路までを焼き尽くしたが、荒川と江戸川のあいだはそっくり焼け残ったのだった。

それならこの一帯は、もっと緑の多い田舎でもよかったのではないか。米軍が焼夷弾を落とす気にもなれない郊外だったのだとしたら、和生が生まれ育った西の郊外と同じことだ。むこうは武蔵野の緑がよく茂っている。いま東京の東の果てまで過密な街をたどってきて、その先の江戸川越しに、もうひとつの緑が、隣県の住宅地の緑が見えている。かつて東京から焼け出された人がそちらへ逃げていくということがあった。避難者を受け入れる古い安定した場所が、いまも変わらずそこにあるというふうに、川向こうの緑は家々を隠して立派に茂っている。

左手の街の上空に雲が湧き出て、日がはっきり傾き始めた。雲は次第に暗くなったが、川の上の空は、まだ春らしい水色のままだった。堤防の道を歩きつづけるうち、街は暗雲の横から差し込む西日に照らされ、輝きだした。やがてその輝きは、爆発するように強くなった。家々の眺めが激しい光に呑み込まれていく。

和生は堤防の道を歩くのを切りあげ、左手に折れて、堤防下の街へ入り込むことにした。街へおりていくと、西日の直射に目がくらみ、ほとんど何も見えなくなった。ただ、光がいっそう赤くなるのを感じた。斜光が暗雲に照り映えて赤かった。

はるか西の彼方から、赤い光があふれ出るように拡がった。火の海が寄せてくるかと思えた。和生はほとんど盲目になりながら、まっすぐ西へ向かって歩いた。目のまわりが燃え立つようだった。火は次第に熱くなり、火花が飛び、額が焼けるのを感じた。髪がじりじり焦げ始めるようだった。

ふと気づくと、あたりに音が何もなかった。ものの焼ける音があるわけでもなかった。赤い世界が静まり返っていた。歩く道や家々が幾分はっきり見えてきた。

そういえば、大空襲の火は、荒川の向こう岸で止まっていたはずだった。こちら側まで火は及んではいなかったのだ。が、それにしても、こちらからむこうの火が大きく見えて、それはどんなに凄かったことだろう。火は呆然と眺める者の眉を焼きそうな近さに感じられたにちがいないのだ。

雲が動いたのか、見えなかった目が見えるようになった。まぶしくはあっても、いまや歩く道が遠くまで見えた。そのひと気のない通りに男がひとり出てきた。白い杖を鳴らしながら歩く中年の盲人だった。和生はこの土地の人をはじめて見たと思い、彼を追い越さないように歩をゆるめてついていった。

盲人の男はやがて立ち止まった。広くない道を渡るために、慎重に耳を澄ますようだった。何の音もないところから、たぶん車の音を探り出そうとしていた。

彼は道を渡るつもりになり、白い杖をさっと真上に振りあげて、見えない車に合図をした。

その動作にはどこか頑固な激しさがあった。

「渡れますよ。オーケーですよ」

和生は思わず声を出していた。これだけ音がなければ、わざわざ声に出して知らせるまでもないわけだ、とすぐに思った。

男は何の表情も浮かべず、ことばもなく、ただすたすたと道を渡った。杖が地面を叩く音が変に大きかった。昔焼け残ったこちら側がいまどこまでも静かで、そこを動いているただ一人の人間が、見えないものを威嚇するように杖を鳴らしているのだった。

後記

私の出発のころの単行本未収録作品を集めた『初期作品』の第五巻である。未発表の中篇三つをまとめて長篇小説にしてある。中篇を短篇に仕立て直すことはあったが、その逆ははじめてで、その結果こんなかたちのものになった。

三つの中篇は、昭和四十八年（一九七三）から五十五年（一九八〇）にかけて書かれた。内容からいうと、千鶴子と友絵ら女たちの話、清涼飲料配送とみゆきの話、南洋の旅と荒木氏の話の三篇を組み立て直し、分量的には少し縮めて、四百枚足らずの長篇として首尾一貫させてある。

高度成長さなかの一九七〇年、勢い盛んな経済社会から離脱して生きることになる青年の物語である。すでに戦後は終わったといわれた時代に社会へ出、その十年後に転身した青年の前に別の世界がひらける。人間関係が一変し、時間的にも過去と未来へあらたに拡がるもうひとつの現実が見えてくる。実際にそれはどういうものだったのか。離脱の眺めをどう描くべきか。そのことを考え、さまざまに試みた十年近い日々があった。その試みの一つに、同じ時期の中篇連作『塔の子』があるが、今回はもっとはっきりと長篇小説のかたちにして、そのころの仕事の性質がよく見えるものになれば、という思いがあった。

なお、第十一章「広島」の原爆の話は、秦恒雄『原爆と一兵士』（旺史社刊）に依っている。秦氏は私の母のいとこに当たり、戦後間もなく原爆体験を手記として書き残していたが、子息の手で死後出版された。作中の荒木淳造の体験は、ほとんどそのまま秦恒雄氏の経験である。

二〇一九年一一月

尾高修也

尾高　修也（おだか・しゅうや）

1937年東京生まれ。早稲田大学政経学部卒業。小説「危うい歳月」で文藝賞受賞。元日本大学芸術学部文芸学科教授。著書に『恋人の樹』『塔の子』（ともに河出書房新社）『青年期　谷崎潤一郎論』『壮年期　谷崎潤一郎論』『谷崎潤一郎　没後五十年』『近代文学以後　「内向の世代」から見た村上春樹』『「西遊」の近代　作家たちの西洋』『「内向の世代」とともに　回想半世紀』（ともに作品社）『新人を読む　10年の小説1990-2000』（国書刊行会）『小説　書くために読む』『現代・西遊日乗Ⅰ〜Ⅳ』（ともに美巧社）『書くために読む短篇小説』『尾高修也初期作品Ⅰ〜Ⅳ』（ともにファーストワン）などがある。

尾高修也初期作品Ⅴ
長篇小説　男ざかり

令和二年　二月二十日　印刷
令和二年　二月二十七日　発行

著　者　尾高修也
発行者　大春健一
発行所　株式会社ファーストワン
東京都千代田区内神田一の一八の一一
東京ロイヤルプラザ　三一五号室
電話　〇三－三五一八－二八一一
郵便番号　一〇一－〇〇四七

印刷・製本　石塚印刷株式会社

定価はカバーに表示
乱丁・落丁本はお取り替えいたします。

ISBN978-4-9910093-2-7 C0093